芒鞋

大地雅歌

鲍尔吉·原野 著

中国旅游出版社

策　　划：“芒鞋”编辑部
责任编辑：王佳慧　张　璐
责任印制：冯冬青
封面设计：主语设计
内文插图：王　晶　陈　尧

图书在版编目（CIP）数据

大地雅歌 / 鲍尔吉·原野著 . — 北京 : 中国旅游出版社, 2020.8
（“芒鞋”丛书）
ISBN 978-7-5032-6513-6

Ⅰ. ①大…　Ⅱ. ①鲍…　Ⅲ. ①散文集 – 中国 – 当代 Ⅳ. ① I267

中国版本图书馆 CIP 数据核字（2020）第 110384 号

书　　名：大地雅歌

作　　者：鲍尔吉·原野　著
出版发行：中国旅游出版社
（北京静安东里 6 号　邮编：100028）
http://www.cttp.net.cn　E-mail:cttp@mct.gov.cn
营销中心电话：010-57377108，010-57377109
读者服务部电话：010-57377151
排　　版：北京中文天地文化艺术有限公司
印　　刷：北京金吉士印刷有限责任公司
版　　次：2020 年 8 月第 1 版　2020 年 8 月第 1 次印刷
开　　本：889 毫米 ×1194 毫米　1/32
印　　张：9
字　　数：206 千
定　　价：49.8 元
I S B N　978-7-5032-6513-6

竹杖芒鞋轻胜马
（出版说明）

中国文人历来有为祖国名山大川著书立传的传统，越是民安物阜的年代，这样的考据与撰写就越繁荣。如今正是休明之年，作为国家级文化和旅游专业出版社，策划出版一套由中国当代著名作家执笔的地理散文丛书，可以说是为时代著述，为祖国立传，具有重要的社会价值。

近年来活跃在中国文坛上的许多中青年作家、诗人写的随笔和散文，率性鲜活，风姿绰约，读来让人心向往之，字里行间最能看出他们的真性情，那些最前沿的刊物都愿意刊发这些作家诗人们写的随笔，因为作品里有人文，有地理，有故事，有情感，有心跳，所以显得有趣，读起来让人更有身临其境之感。这些作家是文学领域的流量担当，当他们把目光投向山川草木，用脚步丈量天地人间，用笔墨透视历史人文时，便带来了文旅结合的崭新文风和重磅之作。

这套系列的主旨是将大地与生命结合起来，作家需要行走并实地考察，必须经过详细的田野调查，对山川、草木、河流、人文、历史等都有详尽的考证和触摸，为名山立传、为大江大河立传、为历史名城立传、为世界自然遗产立传。

其中最关键的一点是：当置身于一个广阔的历史空间和博大的地理环境中时，作家把自己放在哪个位置？作家跟大地和历史如何碰撞出火花？作家以其广博的人文沉淀、敏锐的世事观察、犀利的批判思辨，赋予了这套系列特有的广度和深度。

第一辑的三位作家分别为商震、鲍尔吉·原野和朱零。

商震是位诗人、作家，也是“芒鞋丛书”的主要策划人。他的诗歌、散文以“做一个思想者”为写作的最高追求。他酷爱历史，喜欢以古通今，这本《蜀道青泥》的写作他用了三个半月，曾前往“陇蜀古道”青泥岭段探访，实地去感受那里的山川地貌，以及曾经走过的诗人、迁徙的民族、发生的战争……不断地从复杂的现实中回到不再发声的历史中去，并努力让历史再发声、再现其复杂，以证明复杂是人类社会的本质。

鲍尔吉·原野是“鲁迅文学奖”获得者，他与歌手腾格尔、画家朝戈被称为中国文艺界的“草原三剑客”。他的散文可以称为当代散文的典范之作，其多篇作品被引用为中学课堂范文。这本《大地雅歌》揭示了人与大地的某种神秘的关系，表达了一位作家对大自然的敬畏。全书宏观与细微具在，乐曲与画面共生，是作家向养育我们的这片天地的致敬。他以特质的语言鲜活地把大地、树木、河流、节气再现在书中，展现了作家宽阔、悠远的情怀，具有鲜明的个人视角和写作风格。

朱零是位著名的诗人、作家。他的文字中有洪流、瀑布，也有涓涓小溪，幽默而犀利，深邃而豁达。云南是他生活了十五年的地方，他对那里有着深刻的了解和深沉的热爱。在《从澜沧江到湄公河》里，他展现了澜沧江两岸的风物与秘境，也记述了一个家族的动荡和恩怨，记述了人间的喜怒、傲慢、自信和特立独行，记述历史长河的奔涌、破坏与构建，也记述了诗人的梦想、归宿和灵魂挽歌。

“竹杖芒鞋轻胜马，谁怕？一蓑烟雨任平生。”东坡先生的这句诗给了我们关于这套当代著名作家散文丛书最贴切的意象——既有仗剑天涯的文人豪气，又以“芒鞋”的形象带我们走进人间万象。希望以这套丛书的出版为契机，陆续推出更多文化行走类图书，让“知”与“行”，“史”与“今”，通过作家细腻的笔触生发出更广阔和瑰丽的天地。

“芒鞋”丛书编辑部

2020 年 7 月

目录

CONTENTS

第一章 大地

再过几天，

地里会长出葱郁的禾苗和各种各样的草，

没有限制和甄别。土地的宽容不止于此，

它上面还活着吃草生存的牛羊。

大地花朵川流

引　子

这几年出差，回来爱跟跑步的朋友说见闻。我一露面，这帮因流汗而皮肤发亮的跑步人就围过来，听我白话。一天，跑步人散了，树生从树后跑过来，羞涩地——他 65 岁了，还羞涩呢——说：给你拿点东西。我说啥东西？他不好意思。我把东西从他衣服里掏出来——一个早年的铝饭盒，打开，里边是酱闷小土豆。我问送这干啥？树生说，求你个事儿。

他说老父亲 99 岁，今年 9 月 10 日过百岁生日，让我出差捎回点当地的水。我说飞机不让带水，他说你把水快递回来，他老父亲过生日那天用各地的水浇一盆长寿花，吉利。他拿出一个防雨绸兜子，里面装十多个白色的小塑料瓶，瓶口系着两米多的渔线，瓶底粘了一个螺丝帽。他说有线在河里取水就方便了。树生是车辆厂退休工人，办事真细致，我说妥了，你就等着祖国各地的水上你们家汇合吧，你们家就是水库。

万亩梨花

我见到好的地名比见到好的书名更羡慕，觉得人活在好地名里是一种幸福。神木、仙游、福鼎，这些地名多好。丰县也好，它是我今年出游的第一站。繁体字的丰字上头站满麦穗，下面有豆撑腰，看着就富足。人来丰县，咸称其丰。丰子恺如果活着，肯定一年来一回。当年有人问他姓哪个 feng，他答丰收的丰，对方不解。丰子恺说汇丰银行的丰，人始悟。子恺辛辣，天下哪有比丰收更丰的事情呢？

在江苏省丰县，我看到最丰美的景物是万亩梨花。入四月，我老家的凹地还有积雪，而大沙河畔的梨花园已成花海。如此宽广的大地，竟被梨花开满。枝头似雪，树下却青草离离，蜜蜂在枝头缭绕。梨树怀抱大，枝条平伸，把花开到别的树上了。花瓣在枝上奔跑，金色花蕊是它们的接力棒。在梨花下行走，走走就泄气了，梨园太大，走到太阳西沉也走不出去梨花的天下。这个县宋楼镇的梨园有 660 多棵百年梨树，最大的一棵梨树王胸径 80 多厘米，每年挂果 4000 多斤，厉害吧？吉林省梨树县也未见有这么大的梨树，丰县有，“丰”字真没白叫。丰县耕地面积 114 万亩，其中果树面积 50 多万亩，栽种红富士苹果 28 万亩、白酥梨 10 万亩，它是全国水果十强县。丰县的蔬菜种植面积达 60 万亩，牛蒡、芦笋等果品已成为江苏省出口创汇基地，这个县完成了由粮食大县到果蔬大县的转变，丰！

县城有护城河，开挖于战国时期。我拿树生的小瓶取水，这些小瓶特好用，瓶底有螺丝帽，嗖地入水，咕嘟咕嘟灌满了。我拎上瓶子，拧盖。心想，丰县把战国时期的护城河水献给了树生他爸。

陕南行

我南行的第二站是陕西省汉阴县。这里的凤堰梯田最好看。清晨，梯田从白雾中露出曲线，柔和秀美，大地犹如盛满黄金稻穗的盘盏。苍鹭穿过梯田上方，飞到汉江边上。淡蓝的炊烟从村庄孤直升起，大地一片晶莹。

凤堰梯田位于秦巴山脉的凤凰山上，临汉江，连片面积达一万两千多亩。据记载，梯田于清代同治年间由长沙移民吴氏家族创建，集山、水、田、屋、村于一体，梯田在河流交汇处渐次升高，引山涧水从上而下自流灌溉。山坡上梯田罗布，有的坡几十级梯田，有的坡上千级梯田。水漫过上一级梯田的石头围沿，浸润稻秧，流到更下一级梯田，一直流下去。

梯田用石头围沿抱着金黄的稻子，如怀抱子孙。在崇山峻岭围垦万亩梯田需要多少石头啊？想象不出这里的先民肩扛石头垒田的情景，不知垒了多少年，这里无异于梯田的长城。而这一切的辛劳，只为了修田。人不来此地，不知耕地珍贵。世间万物，最珍贵的莫过于粮食。粮食哪里是用钱衡量的物品？在这里，粮食是天地大美的结晶，谁浪费粮食，谁不是人。

我在梯田的围沿上行走，若从天空看，我如走在玛雅彩石壁画上的一只蚂蚁。如果我会开飞机，会常常来凤堰梯田上空飞行，俯瞰这幅巨大的艺术品。说话间，几对苍鹭飞过梯田。好地方会有天使，这里的天使是高洁的苍鹭。它们展开灰色与黑色的翅膀，巡视如梦如幻的梯田。

在村里，见两个小孩做游戏。男孩用铲子垒泥成梯田，灌水，拿青草插秧。女孩挎小筐，在小梯田的水里假装摸螺蛳。我看了感动，问男孩姓什么？男孩说姓吴。女孩也抢着说姓吴。我手摸吴氏子孙的小脑袋，心想他们都是长沙府吴氏的后人。在此地姓吴让人羡慕，他们祖先是建造梯田的农家圣贤，连我都想改姓三天吴。

洋县离汉阴县不远，同属陕南。早上我在乡间跑步，灰白的水泥路分开竹林稻田。这里左手秦岭，右手巴山，汉江自西而东分开大山的南麓北麓。我看了半天，分不清哪座山姓秦，哪座山姓巴。松柏杂木分开山峦的深浅层次，雄浑莽苍。

过桥时，桥下流水清澈，鹅卵石像包在玻璃里，水声似更清脆。我想起忘带瓶了，跑回去取瓶，此时见到一对雪白的朱鹮掠空而过，飞得不高。它们翅膀的白羽透过阳光微微橘红，颈羽如流苏般随风飘逸。虽是一瞬，我看到朱鹮的颜面比一坨印泥还红，它长而弯的喙尖上还有一点红。我觉得相当幸运，四外看看，就我一个人，看到了两只朱鹮，这比包场还阔绰。

二十世纪 60 年代，俄罗斯境内最后一只朱鹮在哈桑湖灭绝。二十世纪 70 年代，朱鹮在朝鲜板门店消失。中国科学院刘荫增教授和他的团队走遍了大半个中国，于 1981 年 5 月在陕西省洋县姚家湾发现了当时世上仅存的 2 只野生朱鹮。30 年来，朱鹮数量已增加到 2000 多只，野外生存范围涉及 2 市 7 县，面积达 6000 平方公里。

朱鹮多数生活在洋县，这意味着洋县的老百姓种粮种菜不使用化肥农药，保证朱鹮食物的存活。大凡如朱鹮这么脆弱的鸟类可以生存的地方，均可命名为人间天堂，这里的水质、植被、气候和民风一定臻于优胜。朱鹮真正是好山好水的代言人。

跑完步，我在稻田里取一瓶水。这水养的黄鳝、泥鳅是朱鹮的食物，浇花肯定好。

明月照白塘

我出行的第四站是徐州的睢宁县。因为不认识“睢”字，查《辞海》得知这个县出土的汉画像石“牛耕图”被中国历史博物馆收藏并印在门票上。1996 年，文化部命名睢宁县为“儿童画之乡”，有 15000 多幅作品送往 70 多个国家和地区展出，获金奖 223 次。

睢宁让我钟情的是白塘河湿地公园。想不到历史上战乱频仍，而今人口众多的徐州大地有一处湿地公园。

人们常把湿地归于人烟稀少的沼泽地，仿佛建是建不出来的。白塘湿地公园正是建出来的湿地，占地 3.8 平方公里，有水面 1000 多亩。这里有五处百亩林园——竹林园、柿林园、海棠园、山楂园、板栗园，还有梅花岛、桃花岛、樱花岛。登一座山即入一片林，幅员百亩。我看到无边的山楂树站满山坡，心想这片山全归山楂了，春的白花和秋的红果是这座山的骄傲。以往没见过的海棠山和柿林山，这回都见到了。不同的树的姿态比建筑物更美，它们高低俯仰，疏密错落，塑造别样的景观，树们四季呈现变化的美，比呆板的房子更灵慧。树在风里飒飒，包藏花果，它们是微笑沉默的高士。

登山望水。水边聚集的仙鹤，如同白石铺设的岸。水鸟起飞，影子被微澜摇碎，树影模糊。

睢宁的睢，指睢水。以往十年九涝，把老百姓害苦了。如今湿地形成自然生态系统，水系安宁，为徐州大地储备一个清新吐纳的绿肺。在园区走，我发现游人大部分是农民，这让我很惊奇。人们太多时候看到农民在田边劳作，或在集市卖菜，仿佛那里才是他们站立的地方。在白塘湿地公园，质朴农人手抚柳枝向对岸伫望，拿手机与桃花合影，我觉得这才是国家图景。以往崔莺莺和张生观花赏月的风雅印记被我从脑中删除。国泰民安的宏愿从民安体现，此地可作见证。

夜游湿地，水面收纳了夜空白茫茫的光带，月亮愈发皎洁。走走看看，来到公园内的水月禅寺。这是一处方正简约的现代建筑，没有飞檐斗拱，体现大道至简的禅宗美学。清风徐来，水面澄净，树木亲密偎依，罗列至远方。我抛瓶取得白塘湿地之水。

金子奔跑

小时候，我在母亲的集邮册上看到三枚“世界文化名人”邮票，线描人物，古装，他们是屈原、关汉卿和汤显祖。我惊异，咱们这么大国家，世界文化名人才仨啊？后来向家属院小孩巡回展示这三位名人，丢了两枚，只剩汤显祖。

这一次来到浙江省的遂昌县，拜访了汤显祖纪念馆，馆内悬挂汤显祖画像，与邮票上一模一样，只觉得下方应有中国人民邮政才好。

稍带我还回忆起家属院的向日葵和鸡冠花，它们高矮红黄，如对晤。

汤显祖是明代的伟大戏剧家，在遂昌出任五年县令，他笔下的“临川四梦”之《牡丹亭》诞生于遂昌。《牡丹亭》的戏文高蹈绝美，我疑心与这里的山水关涉，悲剧与美如筋与肉那样是长在一起的。

遂昌山水不小气，清秀蕴藏沉雄，或者说它在江南山水的架构里潜藏野性。千佛山，距县城 30 公里，远看林木苍郁，走进去身旁悉为山泉，水流细小轻缓，许许出声。可以状写此地山泉的形容词太少，所谓淙淙、潺潺均隔靴挠痒，水声比形容词更复杂与美妙，它不是一个音，而是复合的和声，如远又近、似轻还重。步行十余里，山泉始终迎送，或山瀑，或小潭，或山涧。我在潭里取水一瓶，坐石上闭目听水，听出水声之外还有鸟鸣，来自头顶。当辨识鸟语之单音节与多音节时，水声消失了。走上石阶，又闻水声。

遂昌有金矿。我们坐小火车进入矿里，参观了明代开采的矿洞。人在金矿的洞窟里行走，目光一定是贪婪的。我看同伴眼神，非但不贪婪，反而迷惘，他们谁也没在石壁上见到金子。行家说，肉眼看不到矿石里的金子。我想也是，人眼能在石头里看见金子，世界更乱了。我觉得金子会在矿石里看到我们——一帮肉眼凡胎的人且走且望。金子也猜出了我们想念金子的心情，在岩石里笑。

过去听说，金子藏在贫瘠的土地下面。我老家好几处金矿的地表啥都不长，大自然补偿给它们一些金脉。遂昌的金子会挑地方，长在青山绿水之间。这里的人说，金子的矿脉会在地底下奔跑。明白勘察到一处矿脉，过些天却没了。我在新疆和西伯利亚也听过这个传说，相信金子有这个能力，说走就走。要不怎么能叫金子呢?《牡丹亭》里曾有一折，说杜丽娘于花园里凭几而眠，寐中与柳梦梅相会，二人惊诧：“是哪处曾相见，相看俨然？”这如同说外地来的金子们相见，都眼熟。

遂昌拥有许多国家级的称号：中国竹炭之乡、中国菊米之乡、全国旅游标准化示范县等，这里九山半水半分田，若要过的好，他们一定会爱手中的一切。在爱的心田里面，一切都是财富，这在汤显祖笔下表现得刻骨铭心。山水赋予人的，是心机之外的大智慧。

吾爱孟夫子，风流天下闻

诵唐诗宜来襄阳，这里留下李白、杜甫、白居易一大批著名诗人的足迹。《唐诗三百首》有27首涉及襄阳。读三国宜来襄阳，诸葛亮在这里十载躬耕，留下《隆中对》。学书法宜来襄阳，此地养育米芾，人称“米襄阳”。中国魅力城市的颁奖词说，这座城市“凭山之峻，据江之险，外揽山水之秀，内得人文之胜”。习家池、古隆中、米公祠等名胜古迹多达一千多处。

我来襄阳，没带唐诗，只带一双跑步鞋。襄阳有保存非常好的古城墙，在下面跑步十分高古。边跑边看城墙斑驳的砖石，包括箭簇的射痕，心生庄重。我不通晓历史，但我爱这里诞生的一位大诗人孟浩然。“吾爱孟夫子，风流天下闻。”李白这两句诗简直道出了我的心声。孟浩然诗歌冲淡、平缓、简易、深情，合到一起便造就大道风流。我年轻时一度拼命背孟浩然的诗，登老家的南山背诵。孟浩然爱写登高，于是我登高背诵。如今我在襄阳，一面是古城墙，另一面是护城河，边跑步边回忆孟浩然的诗，算是默默献给襄阳的小礼物。整首的诗已背不下来，仍记一些句子：“相望试登高，心随雁飞灭。”每次登高，看飞鸟在视野消失，我都会想起这两句诗。那小鸟在飞行中翻翻身子就变成小黑点，倏尔，小黑点也没了，但心还沿着小鸟的轨迹寻找。“雪罢冰复开，春潭千丈绿。”写早春。“水落鱼梁浅，天寒梦泽深。”写襄阳。“我家襄水曲，遥隔楚云端。”也是写襄阳。《全唐诗》收录孟浩然诗 200 多首，其中 30 首写襄阳。

跑了一小时，记起这些诗句，备感倾心。李白毫不掩饰对孟浩然的景仰，称：“高山安可仰，徒此揖清芬。”而李白写孟浩然最著名的一首，当属“故人西辞黄鹤楼，烟花三月下扬州。”

鹿门山是孟浩然隐居处，距襄阳城南 15 公里。在唐代，鹿门山与孟浩然一样有名，或因孟而获名。李白、杜甫、白居易、王昌龄均赴鹿门山拜访过孟浩然。登山时，我又想起他的几句诗：“人事有代谢，往来成古今。江山留胜迹，我辈复登临。”我辈是李、杜等前辈登过此山几百年后又登此山的景仰者，是想从山水里看出孟浩然哪管一点点影子的人。山峰叠翠，古木杂生。我看到绝非唐朝的鸟儿在树梢掠过，觉得听到了与孟浩然所闻相似的流水和鸟的悦鸣。我辈在孟浩然走过的山上行走，见一处风景，便引颈远望，想象孟浩然也这么望过。摸摸泥土，摸摸树，唐朝在哪里啊，孟夫子去了何方？我羡慕鹿门山的小鸟和小虫，它们虽不背孟浩然的诗，但生活在这座孟浩然隐居 17 年之久的山上，不白为虫鸟。

近黄昏，我辈吃完农家土菜下山了。我留在最后面，感到惆怅。这是潜意识作祟，因为没见到孟浩然。鹿门山虽无鹿，但涤除了孟浩然心中的尘泥，让他如此清新。那首华人尽知的诗——“春眠不觉晓，处处闻啼鸟，夜来风雨声，花落知多少。”最能透露他心里的澄明。孟浩然懂得如何让诗与时光相搏而不溃败，他懂得平淡即是恒久。

一座城市有一座名山就够了，如鹿门山；有一位名人就够了，如孟浩然。襄阳还有汉江，有三国遗迹，有昭明台，有宋玉，素称“南船北马，七省通衢”。这样的地方让人嫉妒。我带着从鹿门寺石井里取的水，悻悻下山。这里是取水的第六站。

望绿洲

人们说，在冰冷的塞上沙原，这里流水叮咚，河里长着鲜绿的水芹菜。人们说，盛夏的沙漠酷热难当，这里竟下起牛毛细雨。人们说，这里乌鸦不来、青蛙不叫、沙土垒墙不倒。这就是国家级自然保护区——大青沟。

大青沟位于我的祖籍——内蒙古的科左后旗境内。小时候回老家，所见皆为白茫茫的沙海。我和小孩摔跤，倒地身上一点儿土都没有，我还乐呢，说这地方多好，没土。是的，我老家土地少，耕地更少。小时候不知“没土”有多么沉痛。我的堂兄堂姐衣衫褴褛、食不果腹，因为他们的脚下没有土，只有沙漠。那时候，堂兄堂姐的脸上满是渴望，我不知他们在渴望什么。长大后，我才知堂兄堂姐渴望土地、雨水和绿洲。8 月，我回到老家——科左后旗的胡四台村。近暮，草原深绿，雾里钻出我堂兄朝克巴特尔的羊群，一只牧羊犬不必要地左右跳踉，仿佛它为羊群操碎了心。堂兄黑如檀木，眼白和牙齿如刷了白漆。

他每天早上 3 点出发，晚 7 点回来，变成了非裔人。他的羊群加上养牛和种玉米，每年的收入可达十几万元，日子安稳了。

我在胡四台住了几天，坐朝克巴特尔的私家车和他们一起游览了大青沟。

科左后旗的草场，庄稼和防护林长势都好，但进入大青沟别有洞天。植被茂密，古朴如史前时期的绿州。风景区实为两条沟，一条长 11 公里的大青沟，另一条长 10 公里，名小青沟，两沟宽 300 多米，深 50 多米，我们在沟里步行 10 公里，犹如走入西双版纳的亚热带植物保护库。大青沟有 700 多种植物，分成水曲柳、蒙古栎、大果榆三个植物群落。藤缠古木，苔藓侵衣，野花如同摇摆着向远方行走。朝克巴特尔对审美没有诉求，他不断弯腰拣野果和野菜，嘴里说“稠李、欧李、山葡萄、猴头、蕨菜、金针……”他的收获很快把提前准备好的布袋子装满了，琥珀似的黄眼睛充满笑意。我在小溪里取了最后一瓶水。

从沟里出来，登高远望，树的波涛从树梢翻滚而过，保护区面积达八千多公顷，打败了沙漠。朝克巴特尔说：“这里的黑蝴蝶有燕子那么大，飞起尾巴带两根飘带。”他这个说法在大青沟博物馆得到了验证，那是乌凤蝶。博物馆介绍，这里有梅花鹿、黑枕黄鹂等 38 种动物、鸟类，黑蝴蝶等 138 种昆虫，天麻等 200 多种珍贵中草药。这些动植物的存在，对茫茫科尔沁沙漠来说是奇迹，但大自然无奇迹可言，所有现象均由相互依存的因果关系所决定。人觉得怪，是由于他们与大自然越来越疏远。

晚上，我们在大青沟观看一场篝火演艺表演。在火光中，旋转飞扬的蒙古袍惊醒了夜色，安代舞的红绸如火苗一样飘动。在咚咚的舞步中，似有一群精灵从地下跑过，它们是花朵、蝴蝶和树木的信使。

结 语

9月10日，我受邀去了树生的家，他老父亲身穿团花红衫陷入沙发，像弥勒佛一样笑。人老了，不拘男女都像老太太，树生他爸亦如此。树生把我寄来的7瓶水冻在冰箱，化冻汇在大白碗里。我端详透明的水，分不出它们的故乡来。树生搬来一盆长寿花，肉质叶子，四角形的小红花旋转着搭成了一个圆球，像挤着看老寿星长什么样子。老父亲端碗把水倒进花盆里，树生说："这是祖国大地的水，浇灌长寿花，祝您越活越健康！"我说："浇了八省水，还活一百岁。"他爸耳聋，这句话却听到了，说："我再活一百岁，他们得累死。"树生和他媳妇笑着说，"我们愿意！"

沉默的种子

种子比钻石更坚硬，在黑暗的大地里，谁知道种子是怎样钻开壳壁，从坚硬的泥土里生出芽呢？你看麦粒、玉米粒、苹果和梨的咖啡色的种子，每一粒都有坚硬的壳壁。它们比树皮更结实，坚定地保护着种子。雪白的种子在这样的壳壁里，从土里长出绿色的苗，比人生孩子更简练也更干净。小苗在阳光下齐刷刷地闪耀。如果说它们是一群孩子，孩子的母亲是谁呢？是小小的种子吗？这一点，植物和动物很不一样。动物和人类都是大的孕育并生产小的。人类母亲与婴儿体重之比约为 20∶1。你看不到人类从一小块自身体分离的肉（如手指或耳朵）里长出一棵苗，长大变成一棵树或一个会行走的人。种子有巨大的能量。头几天，我又去了一趟三清山，看栈道旁绝壁上生出的松树。看不到树的根部有土，松树如从石头里长出来。摸松树的手感跟摸石头一样坚硬粗糙。当年一粒种子随风飘进石缝，长成这棵树。碗口粗的松树，至少长了几十年，它还要再长几百年，只因为当年的种子跟它说过一些话。“一些话”是多少句话？可能只有一句——长吧。因为没有其他的话——比如注意休息、保重身体一类话，松树一直在长。石头能吃多少苦，它就能吃多少苦。其实自然界没有“苦”。“苦”这个词是人类发明的，环境、遭遇、快乐、苦恼这些词都是人类发明的，他们为了有所区别才发明这些观念。

种子多么神奇，大兴安岭接天蔽日的松树林都由种子长成。松树以深红的身躯挡住了风的去路，松针在树梢根根相扣，大雪下不进幽默的树林。在南方的山坡上，竹子正准备从每一寸土地冒出来，它的翠绿让青草黯然失色。地下的竹笋不知何时均匀地占满了山坡。如果把种子撒在桌子上，它们只是一些褐色、黄色、黑色和白色的果实，它们沉默的，是世上最小的东西。谁也不知道它们会发芽，长出城墙般的树林，长出覆盖大地的庄稼，长成花。谁也看不出朴素的种子里包含着花的基因。种子里哪一种物质包含着花的指令？红的、黄的、白的娇嫩的花正藏在种子里，有了土壤、阳光和水分之后，小苗出生，然后开出花来。这实在太神奇。如果创造世界的不是上帝，是谁呢？只能是种子。

种子是神灵。宗教禁止凡夫妄谈鬼神，更不许猜测鬼神的居所。但可以说一下神住在种子里吗？神在小麦、玉米的种子里住过或曾经住过，神住在松柏的种子里，住在鲜花的种子里，这是不会错的。世上应有好多神灵，火神自然住在火里，不用猜也知道。河神住在河里而不是云朵上。五谷之神、树神和花神住在五谷草木的种子里，对吗？也许是对的。否则，种子怎么会有那样的耐心、那样的勇气发出芽来，创造五谷和树林？小鸟儿一定知道其中的秘密。鸟儿抢着吃各类种子，吃树籽、草籽和一切能生长的籽。小鸟意欲获得种子里蕴含的巨大能量。果然，鸟儿得到了巨大的能量，秋天从北方飞到南方，这是何等了不起的工程。鸟儿像种子发芽一样飞行，天空上种满了小鸟儿栽种的透明的树林。

以人的眼光看，种子被埋进土里是深重的惩罚，如入十八层地狱，这恰是种子新生的机会。土里没有风景、没有天日，真正被踩到了脚底下，只适合做一件事——发芽。这里安静、无风，亦无喧哗。种子慢慢长出向上的苗，再长出向下的根须。这时种子完成了使命，壳壁等待腐烂，一棵植物诞生了，它是树、是庄稼，或一株花。貌不惊人的种子，每每做成了大事。它的渺小和忍耐让它在不经意之间改变了世界。世界原本是可以改变的，如果有种子的话。

种子在黑暗潮湿的泥土里听到了自己的歌声，歌词里面有游动的白云，被风吹斜的细雨，有松鼠和蜜蜂的身影。种子歌唱它长出地面之后所看到的丰饶的大地。种子的歌声藏在土里，下雨时，歌的片段会跟雨水形成和声。春雨下在播下了种子的田野上，雨的声音里夹杂着一些混响，像雨落在草叶或纸张上的声音。人们对此未留意，其实这是种子的歌声，是低频，比大提琴的音色还低沉。贴着地皮传过来又传到远处。而雨声是高频，刷、刷、刷，盖住了种子深沉的旋律。

种　子

我在童年具有“种子癖”。

我把收集的种子放到一个铁皮盒里，盒有新疆人拍打的铃鼓那么大。我常举起来晃一晃，其音也如钟磬。因为里面有桃核、杏核。而苹果的籽儿和小麦只在里面“沙沙”地奉和，很谦逊。

我常抱着种子盒到向日葵下松软的泥土上观摩。桃核像八十岁老人的脸；麻籽里有果肉的丝长出来，扯不干净；杏核无论怎样，都是一只病人的眼，双眼皮成就尤有工笔画的意味；李子核与杏核仿佛，面上多毫，干了之后仍不光洁；麦子最好看，金黄而匀称。我想上帝派麦子来，不是当白面烙饼，而是作砝码的。从掌心捏麦子，一粒一粒摆上，仿佛什么事情就要发生了。我还收集过荞麦的种子，因为弄不到，就把枕头偷偷弄了个洞，搞一些出来。当然这只是荞麦皮了，但我小时候不计较这个。因此我让荞麦在盒里当警察。我收集的种子还有红色的西瓜籽、花豆、像地雷似的脂粉花的籽以及芝麻。

我在种植之前，多次召集它们开会，为它们选王。举起盒子“哗啦啦”晃一阵，表示肃静。桃核常常有一种霸王的气势，但因为愚昧，很快就被推翻了。杏核表示无意于高位，而黑豆与绿豆太圆滑，玉米简直像个傻子。最后麦子当选了，即最大的麦籽儿，我在他身上涂抹了香油，又按着桃核与杏核的脑袋向他磕了三个头，让小红豆作他媳妇，芝麻作他的智囊，西瓜籽儿每天必须向他溜三遍须。

我不明白为什么鲜艳多汁的杏肉会围着褐色的核儿长成一个球。它们是从核里长出来的呢，还是生长暗暗藏着核。而麦粒会向上长成一根箭。我在吃东西的时候，遇到种子就会停下来。苹果籽像婴儿一样睡在荚形的房子里，和其他兄弟隔一道墙壁，永远也见不上面。而黄瓜籽活在黄瓜的肠子里，密密麻麻像搞杂技的叠罗汉。而鸡蛋就是鸡的籽了，而世上许多东西没有籽。我在赤峰电台工作的时候，曾有一位患妄想症的编辑，把办公室的红灯牌收音机在半夜偷偷埋入地里。别人发现后，他说：明年它会长一个半导体。

他在为万物寻找母体与种子的关系，把相近的事物看作生育的关系。

种植的时候最让人激动。当你把随便什么核或籽扔进地里，看它孤零零地躺着，替它难过，又替它高兴。它要生长了，也许被埋葬了——如果它不生长的话。我再也见不到你了，除非你明年长成树。而长成树我也见不到你了，因为你变成了树。浇完水之后，立刻进入了盼望的焦虑里。你坐在土地上，静静等待种子破土而出，是天下最寂寞的事情。

而我所种下的，除了几株草花之外，多半都没有发芽，几乎个个欺骗了我。我扒开土观察，于是又见到了它们。还是老样子，但庸俗，没有灵性。我只好放弃努力，去抚爱那些并非由于我的原因而自由生长的植物，如辣椒，如杨树，如在屋檐下挤成一排的青草。

青草甚至从甬道的砖缝里长出来，炫耀着毛茸茸的草尾巴。我从书上看到，青草的种子除了在风中播撒之外，还有一些是由鸟儿在身上夹带到各处的。当天空飞过鸟儿，或电线杆的瓷壶上落着小鸟时，我就想，这家伙身上带来多少草籽，又把草籽带到了多么遥远的地方。

草药与大地的苦

在山上，找一块干净的土，往下掏一尺取一捻放在嘴里尝，品不出什么味道。用李时珍的笔法，可写为“土性平、无味、生育万物”。

我尝这捻土，心想土里到底有什么，让甘草那么甜，让黄连那么苦？土里一定百味聚集，不同的庄稼、植物从其中提取了不同的味道。生嚼高粱米，微甜有一点涩。嚼玉米，甜。嚼青草，干脆的甜。高粱、玉米的秸秆都甜，玉米的秸秆略带一点点臊味。生茄子甜，黄瓜清香。西瓜、香瓜不用说了，甜是它们的本职工作。树上结的苹果和梨和枣都甜。由此说，大地所储存的营养，以甜为主。可是，草药为什么聚集那么苦的苦呢？大地有甜的怀抱，也有酸辛、有苦情，草药把苦长在自己身上。

大地怎么不苦？世上唯有大地最艰辛，日晒风吹，洪水、冰雹都倾泻在大地的怀抱。地被冻过三尺，被涝过三尺，世上从未停止劳动的并不是人，而是大地。

大地的苦情，高粱和玉米不懂，苹果和桃更不懂，懂大地的只有草药。苦是什么？是执拗，是抓住你不撒手，是一屁股坐在地下大哭，是心头化不开的恨，是沉潜向下的哀怨。苦进了人的嘴里像进了蛇蝎，嚼不得，咽不得。苦只是一个比喻，人把生活的所有艰难用这个味觉的词汇形容之：苦。

中医认为苦可清肝火、明双目。按天人合一的观点，人的身体也堪与大地相配伍。地产百味，人吸纳百味。苦只是一味，没尝过苦味的人，舌蕾相当于一个聋子。

味原本不存在，或者说它只为味蕾或中药的药味而存在。拿一块冰糖贴脊背上，脊背察觉不出其甜，拿一块山楂糕放脸上，脸也不酸。佛家典籍讲，味只存在于人的三寸舌头上，何必吃山珍海味？多么贵重的珍馔佳肴滑过三寸舌面，落入肚里都成糟粕。佛教认为不应该也不值得为了舌头而杀生食肉。

在物品的味道和舌头之间，有一个是真相，另一个在欺骗。蒙特利尔大学的生物学家得出结论，人类的味觉是由味蕾基因的特殊排列方式决定的，并得益于口腔中的酶。而人与其他动物味蕾基因排列方式的不同，使其尝到的味道也不同。人吃干粮狗吃屎，各得其味，谁也不能臆测对方的味。湖南人吃臭干子、中国人吃 CNN 瞧不起的皮蛋，都由顽固的味觉好恶所决定。欧洲最好的奶酪，中国人吃起来臭不可当。榴梿也如此。这是说，鼻子和舌头（特别是唾液中的酶）具有不同的认知方式，它们闻到与吃到的是同一种东西，但味道不一样。味是刁钻的、缥缈的、深不可测的东西。

草药拔出了大地的苦，煎成汁却可以给人去病。想一想，不可思议。泥土里积累的苦，草药是怎样找到的呢？草药找到这些苦，存在根茎叶里，人采而煎汁，霍然病愈。给予人类粮食的大地，又长出替人类去病的草药，大地恩情，人还是还不完的。

梅岑根的墓园

鲜花开在那里，纯洁宁静，老人般的大树用粗壮的枝干荫翳着高低不一的墓碑，墙边一棵樱桃树浑身是花。

这里是梅岑根的墓园。梅岑根在德国什么位置，我并不清楚。我跟两个同伴一道坐车，从斯图加特来这里。梅岑根有欧洲各个服装品牌的折扣店。按欧盟法律，每年 6 ~ 7 月允许服装企业在指定地点打折销售。在德国，这个地点是梅岑根。

等待同伴时，我到街上漫游，看到这座墓园。起初我以为这是个公园。绿树跟公园同样多，鲜花比公园更多。

大多数墓碑前有一小块花池子，这里好像举办花卉比赛。对地下的长眠人来说，树和石碑有太多荒芜的野气，而鲜花使这里像家庭。风中摇动的花朵如孩子拍手跳脚，跳皮筋或跳房子，它们都穿鲜艳的衣裙。即使黑夜，墓地也因为朵朵鲜花而如人间。

我看不懂碑上的德文墓志铭，只看到逝者生卒年月。逝者少有二十世纪 20 年代出生的人，多数是二十世纪 40 年代出生、六十多岁死去的人。可见这个墓园建立的时间不算长。这时候，走进一对中国留学生，一男一女（到梅岑根买便宜衣服的人，一半以上是中国人）。他们俩看碑文，然后用汉语谈论一下，我旁听。

多数墓碑上有照片。一张照片上，老人专注地眺望远方。“我的双手——拿过工具，拉过爱人的手，抱过孩子，捧着圣经，一生也没有放下。”这是他的墓志铭。

另一张照片是一个标致的男人，像老年的法国影星阿兰·德隆。“我出生在天空下，在阳光和雨水里生活，闻到麦香。如今与天空只隔薄薄的一层土。”

整洁的老妇人像。“我不过是一株草，幸好遇到了爱情。爱是我在世上活过的唯一痕迹。”

四十多岁的男人，卷发堆满头上。“我既不知开始，也不知结束。人生只比一场电影长一些，多数人都没有合乎逻辑的结局。”

十多岁的男孩子。“让我在阳光中与兄弟们一起唱歌。”

这人的照片是一个剪影。墓志铭刻着保罗·策兰的诗——“你躺在你的身体之外，而在你的身体之上，躺着你的命运。”

一个黑人的墓志铭：“我害怕睡过去醒不来、害怕睡不着、害怕孩子们想我、害怕下雨、害怕鬼魂、害怕见不到天上的月亮。”

中国男孩读到这里，女孩扎进他怀里，双手把着他的肩哭起来。女孩的肩胛骨随着哭声起伏。

这是六月，树荫之外的阳光刺眼。有个女人急匆匆跑过来，手里拿着喷壶。她一边浇墓前的花，一边看表。一个身体臃肿的老太太抱着墓碑，闭眼斜靠在碑上。中国男孩为女孩擦眼泪。他们感受到了死亡的可怕，爱情被无常拆散的可怕，在墓地里睡不醒和睡不着的可怕。男孩的脸吓白了。他们走出墓园，不一会儿，传来他俩嘻哈打闹的声音。

黄　土

世上我所珍爱的，今天才知道包括黄土。

我说的黄土，是那种新鲜的、无忧无虑地仰卧在无垠大地上的——什么呢？亲戚、朋友、长辈或伙伴？——总之是黄土。鲜润的黄土比鲜润的女人更惹人爱。人们走过它们，弯腰，以十指插入土里，攥一把，捏出个形状，放在眼前看。黄土好呵，清洁。朴实而又清洁，这不令人神清目爽吗？好黄土一点不脏，像粮食那么干净，但排列得更紧密。你如果把黄土放在鼻下吸嗅，说“香”也许矫情，说“土”仿佛什么也没说。但这气息的确有一种直抵丹田的力量，不飘亦不滞，可以扑面而来又依偎着你。黄土的气息和麦子、高粱以及杨树的味道均有亲属关系，高粱把土气变甜了，杨树把土气变苦了，艾蒿把土气变香了。但黄土是宽容的大神，不在乎这些，仍从气息里透出广阔的微笑。

黄土，我想用词语华丽你，譬如“金色的云呵”，但眼睛一看到你就犹豫了，土地不可美饰。

我可笑地认为，只有农村才有黄土。应该说城市也有，但被楼房和马路压在地下了。我喜欢在一望无垠的黄土上踏步走路，走到哪里都无妨，不拘林边或河边。黄土陷我，是拽我做客；黄土平坦，是喻我整肃。我还想在一溜白杨树带的边上，以十指为铲，噌噌向下挖掘，把带有新鲜气息的土扬出来，土和我手指的接触何等愉快呀。我望着自己掘出的小丘，想象田鼠原是幸福之辈，在黄土里钻冲，分洞穴为上下铺，置藏花生和玉米，闲暇时瞪着乌溜溜的大眼张望世界。

近日，我家楼下重修下水道，挖至一米深，堆起许多黄土。我见故人，欲亲近却无章法。不能和黄土贴脸，也无法与黄土说“你好”。看着它们堆耸如丘，小孩子爬上爬下，默然而已。

再想起以往皇上出巡，基层单位“清水洒街，黄土填道”，我曾为之矫情感到可笑。细核计，黄土铺满大道，白杨夹迎，的确是最高礼遇了。谁不说清水和黄土都是最好的东西？

又有“哪里黄土不埋人”之说，所谓大丈夫死不择地，五湖四海可见。黄土不仅埋人，尚掩埋一切生长一切。人对死者的态度，古今都取掩埋一法，即他们死了，就宜于阳界消失。埋没使活者看不到他们，树个坟包纪念，这是一种尊重，如同曝尸是一种惩罚。土地埋人，是因为只有土地能够埋人。黄土埋人，讲的是此物干净，与没有灵魂的肉身极契合，只是过于深重。

墒

这时候，扛一把铁锹走进地里，一脚踩下去，“咔嚓”，锋刃切断了土地的肉。土壤若是致密的，就是活的，有血管、神经，也痛。假如它们散漫飞扬，便死了，像窗台马路上的浮土，松手了。它们去世之后，可以不负责任，到处乱走。地不是这样——有生命的土，手腕扣着手腕组成的家族。把锹插入春天的地里，随着“咔嚓”，握着榆木锹杠的双手，分明感到地的战栗，一激灵。

我蹲下，捧起土。自打去年秋天分手，又一年没见了。土用湿润的宽掌和你握握，最近怎么样？一想，真是春天啦，土潮乎乎的，大地都黑黑的滋润了。地也会运气吗？抵住地心引力，把珍藏一冬天的水分提到嗓子眼儿。我把土放回去，踩实，不然一会儿水分就蒸发了。农民知道这个，最心疼地表这层水汽，这叫墒。

庄稼人对土地叩首，说您真是大德，这点水分自己舍不得用，让五谷生长。地垂下眼帘微笑，心想人怎么老不开窍呢？我让庄稼生长，也让你们认为没用的青草生长。

土地的法则是生命的法则，只要有生命，就让它活。这里无功利。

再过几天，地里会长出葱郁的禾苗和各种各样的草，没有限制和甄别。土地的宽容不止于此，它上面还活着吃草生存的牛羊。草是土地的子孙，当牛羊吃掉它的生灵，土地不心疼吗？不心疼。人类不也吃掉庄稼的种籽吗？牛羊和人类也是土地的子孙。对土地来说，被人收割的庄稼没有白白生长，没白长的理由也并非它养育了人类。

我听到了土地广阔沉缓的呼吸。

锦绣只是城里人眼中的风景

我到南方，四月的青草已经从沟里漫到沟外。不是暖和，是南方勤劳，油菜花并没想成为摄影人的道具也只好开放，它是锦绣大地明亮的笔触，每一笔都是明黄。梵高如果到中国南方来，也会喜欢油菜花，挖个地窖住进去，边画油菜花边喝苦艾酒。他去藏南会更惬意，不光有油菜花，还有空气稀薄形成的气泡似的蓝天，梵高不必到法国寻找阿尔夜空的蓝了，阿尔的蓝，调子太深。

勤劳的南方，土地比人间更有秩序。南方的人民都是服装设计大师，他们把作品从门口铺到天边，每一块土地比布裁得还经济，横竖摆满山川，只留下细细的田埂给自己走。如果可能，他们甚至想在天上种点什么，比如悬挂的吊兰。这块大地上种满了秩序，第一季庄稼收了还有第二季。一个人生在南方农家，从小看惯满川的庄稼，心里长出两个字：劳动。群鸡边点头边啄的是米，缸里装的是米，锅里和碗里是米，比鱼卵还密的米从地里一层一层挤出来。寺院庄重的称赞文开头有两个字叫“恭维”，意思说开始恭敬讲述下面的人和事。我见了南方的锦绣大地，起意，曰：恭维……庄稼、菜地、泥脚杆子、犁和农妇的毛巾帕和南方土地上的一切。在这样的土地上，你怎么舍得建工厂？南方人民几十辈子耕过的地，流过的汗水可以攒成一条河，你们怎么能在上面建工厂？地下有农人的祖先整整齐齐躺着，他们想听到蛙鸣，油菜花像花毯子盖在他们身上。他们的灵魂不愿被工厂的水泥地基压得翻不了身。被征地的农民为什么舍不得离开故土，给钱也不愿离开？他们嗫嚅着说不出理由。我替他们说出来罢，他们祖先的灵魂暗中拉着他们的手，害怕孤单。农民从来没听过城镇化、工业化，翻译过来是让他们离开锦绣河山。

农民走了，土地别离的不光是种庄稼的人，小鸟在夕阳里找不到炊烟，蜜蜂失去了明年的油菜花。农民和他们的土地是一个巨大的生物聚合体，农民养活的不止是一家人，还有禽畜、昆虫、鱼虾甚至农业时代的月亮。它们离开了他们，不知投奔谁。

说农村大地锦绣是没心肠的话，农活太累，锦绣只是城里人眼中的风景。农民永远告别了土地，只能从梦里辨析鸡鸣犬吠，他们的祖先夜夜喊他们的名字。失地农民想看油菜花要掏钱参加农家乐春游团，他们见过祖先的大地，会久久说不出话来。

青草远道

友人约我写一篇与乡土有关的短文。他带着沉静的笑容，仿佛揣度我心底的乡土印象。我犹豫了。

乡土最根本的意义是地，它和天一样，是人类无力描述的对象。说起它，常常蹈入“开口便俗，一说就错”的误境。我曾经长时期迷恋和困惑于鲁迅先生那句话：“宽仁黑暗的地母啊，愿在你的胸怀里安息。”语感有别于他以往的文风，像《圣经》中的“雅歌”。土地无疑是母亲，这不仅由于“天覆地载”这种体位所给人的想象。老子极不情愿留给后世的《道德经》（钟阿城考证应为《德道经》）中，以男女生殖器官的不同，点透土地的母性，并指明母性的深邃、静虚、无为而产生的威力。我想土地最像母亲的在于慷慨。自然界究竟谁在默默无闻、百代不衰地奉献呢？只有土地。当人们浮泛地歌颂金黄的麦浪、无边的森林和美丽的花朵时，是土地奉献了人类所喜欢的这一切。这多么像母亲。当有人说“这孩子又白又胖”时，怀抱着孩子的母亲笑着，虽然她知道这并不是赞美自己。1885 年 10 月 10 日，在波士顿，美国人埃弗雷特在议会上激动地述说农业的重要：“把一粒种子撒在土里，就会出现奇迹。”为什么呢？土地具有一种母性，她的职责是生命的繁衍。虽然黄金也源于土地，但土地的嫡生儿女是谷物、森林、草与花朵这些有生命的东西。

对此，人们能说些什么呢？

不说的缘由一在忘却了，二在说不出。

土地被踩在人的脚底下。朴实的、骄横的、富足与贫困的人都把土地踩在脚下。在所有的谦逊中，土地已显示了最伟大的谦虚。母亲生产我们时的阵痛与流血，都被我们忘记了。堂皇的理由是：当时我们不知道。当我们用眼睛观看世界的时候，看到的又是麦浪滚滚与稻花飘香。我们看不到土地。

当丰饶的庄稼被收割，我们皱着眉眺望远方的萧索。土地如母亲，她并不丰饶，丰饶的是庄稼。

在飘雪的日子，我们欣喜于漫天皆白，忘却了白雪下面的土地。

在人类的眼睛里，永远也看不清自己的母亲，如同看不清被踩在脚底下的土地。

北方被犁杖耕过的土地，灰黄色漫漫起伏，如我在寒风中瑟瑟而行的母亲。然而母亲和土地并不记恨，第二年，土地又长出青草，在空气中散发与过去一模一样的清香。母亲又在冬夜为儿女缝补寒衣。针把手指刺出血珠，昏花的眼睛眯着。

我最喜欢的诗是《古诗十九首》中那句“青青河畔草，绵绵思远道”。我不知道这位无名的诗人在如此令人惊喜的美中寄寓了怎样的情怀。仿佛青草跪下祷颂土地，也如人类歌颂母亲。

青青河畔草，绵绵思远道。我在吟哦之间读出悠长的宁静。

然而，我们说不出这种悠远，如同说不清母亲的恩情。土地与母亲，已然无法言说了。

化　石

岩石里凝固着鱼的化石，却见不到人的化石。人太年轻了，在地球上远远没混到化石的行列里。在生物学的排序中，猛犸、鸟类、鱼、昆虫都是人的前辈。如果人排进化石的辈分里，前边还有马、牛、羊、狼、猪、狐狸、猴、猫和老鼠，早了。就像十二属相里没有人（人属人有点不像话，皇帝除外），化石里也没人。

化石是什么？是大自然对物种的珍重。大自然把它看好的动植物变成化石，永久保存，它们一定是好东西。从对环境的价值说，人算不上什么好东西，净搞破坏了，大自然心里有数。

大自然能耐大，它把蜻蜓的翅膀化为石头，或者说化为石头的纹理，这才是鬼斧神工。世上有比蜻蜓翅膀更薄的东西吗？没有。人的眼皮薄吧？但比十层蜻蜓翅膀还厚。世上竟有蜻蜓的化石。清晰地带着翅膀的脉络。可见，化为石者不仅有动物骨骼，还可以有蜻蜓肚子（里边一包水）和翅膀，跟石头浑然一体。化石里有植物的叶子。叶子只是一些纤维，蜻蜓的四只翅膀也是纤维，它们怎样能变成石头呢？石头和蜻蜓翅膀的分子式完全不一样，它们竟然可以互相转化，这就是奇迹。当年赤峰广播电台有一位工程师就订一本杂志——《化石》。每天傍晚，他捧着《化石》坐在花园前的楼房台阶上阅读。读一会儿抬眼瞧瞧四周，可能琢磨周围有什么东西可以变成化石。晚风吹来，花园里的扫帚梅和胭粉豆摇来摇去，好像躲避蜜蜂爬梳的痒。花与蜂都可变为化石，但电台大楼和编辑们变不了，人尤其变不成化石。当年列宁和胡志明遗体保存都遇到了腐烂的问题。庄子说人的最后一口气离开身体即开始腐烂，气负责人体不烂。那么，把那些据说是伟人的人的遗体变成化石，他们及其追随者会不会更称心？变是能变——我私见——只是时间太长，比如一亿年，还变吗？瞻仰者等得了一亿年吗？所以就算了，世上好多该办的事最后都不了了之。新杂志来到，电台的工程师在杂志封面外边粘一层牛皮纸，每天下班坐在台阶读。冬天，他把屁股靠在收发室暖气上读。为什么不在家读？可能他老婆不允许活人读化石书。我想他就像矿难中蹉在巷道中吃一块木头的人，这是唯一的精神食粮。他每月需要把这本杂志均分 30 份，每天只读一份。一个字都不能多读。多吃多占的结果是阅读饥荒。假如《化石》杂志 48 个页码。小月 30 日，他可读 1.6 页。大月 31 日读 1.55 页，即读 1 页半之后再读 6 行。赶到二月份过年，每日可读 1.72 页，合算。过年干啥都合算。

人说比尔·盖茨盖的半穴居豪宅的前厅铺着始祖鸟化石。这么弄，好像不太吉利。但逝世的不是盖茨而是乔布斯。化石有可能更接地气。我觉得可以把化石看成是玉。虽然玉顶着非常好听的称呼，有人在名字里加了玉，但玉没什么来头，看不出前生。化石的前生不言而喻，鱼、鸟，这是身份，有谱系。按能量守恒定律，万事万物都有一个前体或者叫因，都可以找到自己不同形态的前生。但人记不住前生，这辈子也没收到过提示，星座、血型跟前生均无关系。假如我前生是一只猞猁，现在见到猞猁我一点儿都不激动。有人在街上喊“猞猁”——我也不会回头。所有的记忆一托生就被抹掉了。说到这儿，我更加佩服化石，人家有前生。而且，连蜻蜓都有化石，人却没有。人死了火化，更没机会化石了。地球上每几分钟消失一个物种，变化石根本变不过来。

假如有人发明出速成化石的办法，我提议变化石的清单是马鞍、小提琴、蜜蜂、眼镜、吉他、钱、苹果、西红柿、橘子、茶叶。提 10 项就行了，别人还提呢。可惜音乐不能化石，人的情感不能化石，云彩化不了石，味道化不了石。好多好东西都化不了石。音乐、情感、云彩、味道最后去了哪儿？谁也不知道。可能变成了暗物质，此事须问丁肇中。

石 头

即使把石头碾成齑粉，也找不到它的门。石头，我们怎样进入你的内部？像掰开杏看到杏核，砸开核桃见到核桃仁那样。把岩石凿开一个洞，即山洞，也进不到石头里面。而洞里面的石头仍然排列着沉默、坚毅的脸，它们什么都不说。

组成世界的东西其实很少，有被我们称作天空的空气，还有泥土、河流、草木、火和石头。大地上比泥土更多的是石头。石头，你能告诉我们你是什么吗？

人把石头磨成平面，见到花纹，甚至显露出风景。在大理石的内部，藏着云烟、丘壑，有宋人笔意的漠漠云林，这里有人间的气息。石头何时留下了这些记忆，记这些做什么呢？不能怀疑，世间所有的美景都藏在了石头的内部。人在大理石上看见的图案只是它一个断面，或者叫一个瞬间，切掉这个断面，出现的是新的断面。它到底有多少断面，记录了多少风景呢？它有无数断面，只是不予人见。

石头组成我们所说的大山。“组成”这个词或许不对，山是一个整体，它分裂过，却无须组成。人的想法是进入山的里面——不仅仅是掏山洞——让石头敞开，接纳我们。我知道，石头的每一个分子都与其他分子牢固地结为一体，而不能像水那样透明。是的，水与水的分子也不可分割，但水可以装进壶里，掬在手上。水让人看到它的正面和背面，石头永远不让人看到它背后的东西。我觉得问题出在人的眼睛上。人的眼睛只能看清一部分——也许是一小部分东西，当然这已经很好了——但目光看不清木头的质地和石头的质地。人的目光在所谓夜里会被屏蔽。也许，有的动物看石头如同看果园枝头上的果子，石头里的花纹、翡翠，甚至金子在它眼里都清晰如图画，只是对它没什么用处。翡翠对狐狸来说并不比羊粪更有信息上的价值。

帝王用石头建造宫殿，再用石头建造陵墓，石头以其坚固威严和沉默为帝王提供生与死的场地。对石头来说，帝王如同一只小虫在它上面活过并死去。与时间并行的不是水而是光与石头。光每天搜查大地，甚至搜到了屋子里的每一个角落，寻找它要找的东西。光刺破空气，赋予万物色彩又让色彩褪去。然而光无法穿透石头，石头没有门。石头里储藏了数不清的时间，我们所经历的时间去了哪里？什么东西里能装下这么多时间？或许它储藏在石头里。故此，石头永远不开门，故此石头沉重。虽然被存入石头的时间已被压缩过，但仍然太多并沉重。

石头里的铁矿是红色的时间。那些与火有关，与阳光、与血有关的时间被打包变成铁。与植物有关的时间变成了铜矿。铜可黄可红，不经意间会流露绿，植物的时间露出了一些粉末。水晶是关于水的时间的压缩体，它透明并可以透视星相。不知道藏在石头里的玉是谁的时间。玉太神秘，它也是石头，但前面加一个玉字，称为玉石。玉几乎要脱离石头变为世间一切美物，玉雕的蝈蝈，几近于蝈蝈，但比蝈蝈值钱，它是玉。玉温润、凉沁、光滑、细腻。羊脂只是羊脂，细如羊脂的玉却是一块石。石头通灵，这是曹雪芹说过的话。可是，玉储藏了谁的经历与时间？史上那些君子淑女已远去，上苍不欲他们的精魄离开此世，藏于石中，此为玉的前生。“忽反顾以流涕兮，哀高丘之无女。”离骚的这两句诗为鲁迅所爱，写下来挂在床头。人问：高丘指谁，无女是怎样的含义？鲁迅不答。高丘不是哪一个丘，也不一定是楚王。无女到底无哪一个女，对每一个人都不一样。每人的一生都有一段惋惜，值得反顾流涕，为高丘也为无女。那些高洁的人、醇和的人、温润的人的时光都被苍天收藏起来，放置某处。上苍戴着丝绸手套收藏他们的时光，包括他们的忍耐、涵养、笑容与永不摧折的理想，收之入石，成为玉。玉颜色青白，无味，摩挲经久出血络。玉是英雄美人的时光。英雄不光是武人，还应该有庄子、王羲之、苏轼等人，还有没留下姓名的人。他们活过的时间压缩在玉里，是玉的光，或质、或渺茫的云纹。

山峰上的岩石在等待时间弯曲。等待光像树一样在田野生长。石头的话被风、鸟儿、河流说过来，石头在静默里目睹白云坍塌。石头并非牢不可破，金子在岩石里奔跑。蝴蝶飞进石头里找不到飞出来的路。草履虫在石头里安家。石头能跟我们说句话吗？你不开口是在信守一个什么样的承诺？那是对谁许下的承诺？如果鸟儿用吱吱喳喳传达石头的话，我们听不懂，风声和水声里的语义都不为我们所知，最后对石头一无所知。石头的姿态与人类毫无关系，仿佛与人类生活在不同的世纪甚至不同的光年里。世上一日对石头只是一秒，它还有亿万斯年的时间等着它悠闲度过。

铁里藏着红

红跑在血里，红飘在孩子的脸蛋和樱桃上，红用缎子被面裹住新婚夫妻的喜气，红从太阳里面跳入海里，红……

红藏在铁里，铁无论到哪里——成为钉子、锄头、锅还有炉子，它暗中都带着红。在火和铁交锋时，铁在火里取暖，它在火的语言里想到了自己的前生前世。铁来到世上，火是它的接生人。铁从火里闻到了腥气，那其实是它自己身上的味。它听到火发出“嗞嗞”的声音，好像被辣椒辣到了舌头，在空气里晾。

铁在火里变红，不仅因为想到了过去。铁的坚硬、冰凉被火收走，火教给铁怎样恋爱，包括拥抱和舔对方的脸，直至让铁红起来。

铁看自己的红像看到了一条鲤鱼，觉得自己正在火的河流里畅游。铁红了之后，身上第一次变得透明，像橘子那种透明，好像蕴藏着无限甜汁。铁红了之后，浑身都轻了。这时铁匠走过来，把铁砸成羽毛似的叶子，甚至可以飞。

黑与红是铁的表里世界，是它的肉体和灵魂。在大地上，铁永远穿一身黑衣，它穿着这身黑衣经历春天的雨水。装满雨水的铁桶里有雨水唱歌，歌声落在铁桶的脊背上。穿黑衣的铁钉在椴木里寻找年轮，固定了窗和床。当铁锹和锄板被磨得白亮时，那是铁的梦境。雨水、泥土和空气让它重新换上黑衣。它习惯了这身衣服，是礼服也是工作服。铁走到哪里都被称为工匠，而且常常站在门外，被装在帆布兜子里。

铁走遍天涯，那些树啊，那些在森林里歌唱、为小鸟作窝的树遇到了铁之后变成了大马车、风箱、房梁和一切。在古代，人和什么在一起？外边是土，家里是树——但它已经变成了木头。树的花纹黯淡于炕沿、门、摇篮和桌椅上。人躺在、趴在、倚在这些树上，它们身上曾经有露水和昆虫。铁把树变成了家具和工具，铁从不因此后悔羞愧，它来自岩石却比岩石锋利。铁的脸上流不出一滴泪，只挂白霜。铁在岩石里沉睡时是游民、种子和儿童，熔炉把它们招呼到一起，把无数铁变成一块铁，使它们比岩石更坚硬。铁变成铁就没有回头路可走，它出生前的石头已化为齑粉。

世上回不了家的东西是什么？它们是冰雪、是桃花、是苹果、是铁和家具。铁做了铁甲铁钩，不求超度，但它心里还藏着红，遇到火，铁慢慢地变成黎明那种红；红过了，它身上掉下一层白白的灰烬。即使没遇到火，铁也会红。它不打算当铁的时候，雨水帮助它们生锈，如蛇蜕皮那样一层层蚀解。回到泥土里，那些铁锈成暗红色，比火里的铁颜色更深，仍然红。铁的孕育和归隐都离不开红。

沙　滩

世上最难理解的东西是沙子，或者叫砂子。没见过沙子什么时间被加工过，但比加工的还精细、还晶莹、还茫然。

走在海边的沙滩上，我除了自己的脚印什么都看不到。捧起沙子，有一个声音问我：沙子是什么？

我不知道，这实在是最深奥而非最申奥的问题。

你可以把它的前身想象成一块巨大的石英石，半透明，但还没有透明到磨成凸透镜片把阳光变成火种的程度。后来这块巨石碎了，变成了沙子。问题是谁让石头碎了，碎得这么均匀？

见到沙子，我知道我们不了解的事情多了。

沙子的前身可能是一颗星星，叫水瓶星，跟摩羯星顶牛旋转，火星喷云，落地为尘，变成了地球的沙子。

或者有一位游戏的天星，捕捉其他的小星按在地上研粉。他手里有一个筛子，网眼像沙子那么细，星粉落到人间。

我走过沙滩，感觉走在别人的东西上，像什么撒了，而我们管它叫沙子。沙子时时挑战人的观念——它没有主次、没有首尾、没有营养、没有矗立。沙子挑战人对秩序与伟大的膜拜，以无表情。

人幸运自己的体积比沙子大，人如果小似真菌，看沙子就看到了玲珑的玉山，宫殿叠加，巍峨入云。真菌的人在沙粒的水晶宫中穿行，看到折射的虹霓像老者的花镜。在海滩的沙子底下，听浪头如白衣宪兵搜捕海的腥味，水渗半尺，沙子留下泡沫的帐篷。

在沙子的宫殿里穿行，便于领会诗词意境。“乱石穿空，惊涛拍岸，卷起千堆雪……”苏轼原本是写沙世界。我小时候拿放大镜看沙子，企图在沙子的石壁上找到几个字。放大镜太小，看到的沙子像皮冻一样。

如果沙子生长，每年长一点点，每粒沙子长得像白菜那么大，人们开始喜欢沙子，每人搬一块回家渍酸菜。

沙子来自外星。沙子被古埃及人用来测量时间，沙漏搬运时间只留下沙子匿名的脸。沙子代表虚无。沙子是水和生命的反物质。沙子仰观云飞雾散。沙子喻示以前或以后的史前时代。沙子是滔滔奔涌的石头河流，暗示自己是某一种水。儿童喜欢沙子，母鸡和骆驼喜欢沙子。沙子的浪花在风里。沙子是大自然的形态之一。沙子这个名起得不怎么好。沙子是自然界最大的疑团。

色彩的旋转和燃烧

除了月亮，找不到比油菜花更黄的颜色。油菜花像一壶发酵过分的酒倒在方形的池里，让蝴蝶醉得飞不稳。油菜花盛开的地上没有向日葵，它融化了所有的黄。

大自然知道绘画补色的道理，油菜花让天空更蓝，蓝得像漆，像没有一丝波纹的海。蓝天在油菜花的映衬下十分平静，让白云走路发不出一丝声音。

油菜花的色调让游客兴奋，除了照相，他们不知还应该做些什么。如果没发明照相机，人在油菜花地手脚都没地方放。他们不会像蝴蝶那样挑剔地翻飞，又不会像蜜蜂那样歌唱。人在油菜花地抚不平驿动的心，他们在油菜花前站着、蹲着、商量，除了照相还能做什么呢？人被油菜花感动了，说不出这种感动，只好照相。

人被色彩感动，验证了莫奈的信念：仅仅是色彩就可以感动人，线条并不重要。大脑神经学至今没有发现人被色彩感动的机制。粉色的杏花是冰雪消融之后的娇嫩，是大地回春的婴儿。这种粉让人晕眩，如超现实主义的云。人在粉色面前反应迟钝，被这么密的花瓣搅乱心思，为落在脏土上的花瓣惋惜，粉色让人不知所措。青草的绿令人安稳，草和庄稼如果不绿，大地仿佛成不了家园。绿色让泥土的褐色显出一点亮调子，露出泥土的生机。

色彩是大自然对人的恩泽之一。春天给人送来的希望首先从色彩开始。花所包含的活力不在它的质地，更在它鲜艳的色彩。人除了用粮食和水喂饱自己之外，还离不开色彩的哺育。白云的白、蓝天的蓝、青草的青，是人的眼睛乃至心灵的粮食，色彩对人生的意义无法代替。

油菜花的金黄相当于色彩的舞蹈。它在旋转、在燃烧，只是眼睛说不出这些感受，甘心做它的俘虏。人的目光当过大海的俘虏，当过白雪的俘虏，当过桃花的俘虏。一个饥饿者饱餐色彩，而后心安。

油菜典雅的黄花比红色还热烈，颜色从花上流淌遍地，它像大地的新娘。油菜花的金黄让人感到人类印染业、印刷业与画家手中的颜料虽鲜艳但没有生命力。

油菜花是大地的音乐，包括合唱与铜管乐齐奏。它喂饱了无数眼睛之后再用菜籽榨油。到油菜花地徜徉，最羡慕那些昆虫。蜜蜂最值得做的事就是一头栽进油菜花里，半个月都不要出来，世上再也找不到比油菜花更好的宫殿了。

露水的信

“不要踏过露水

因为有过人夜哭……”

（阿垅《无题》）

这是七月诗派诗人阿垅写于 1944 年的诗。

白茫茫的露水，在秋季尤为苍凉。我在罕山脚下的月夜，见山坡的草尖挂一片露水，每一滴都流露决绝的苍白。大地如同哭过，为了草木凋零。我在落叶松的针叶上走，听不到自己的脚步声，心里想，露水究竟是什么呢?

我现在也不知道露水从哪儿来，好像每株草身上藏有一口井，汲水捧在手心。给谁喝呢？按说，这是送给小鸟和蚂蚱的饮品，但谁也没见过小鸟趴在草上喝水，蚂蚱、螳螂、蟋蟀们好像都不喝水。从生理学说，具备血液的哺乳动物才饮水，肠道吸收水分补充血液。蚂蚱有肠子吗？它们并没有血。人们惯常把含有血红细胞并在血管里运行的体液叫作血。血的第一个功能是运送氧气与排出二氧化碳，这是对有肺叶的生物而言，蚂蚱没这些东西。

人童年和老年泪水的比重都不同。泪水从儿童眼里涌出，化为一滴泪在脸蛋挂着，如露珠那样饱满。我冒昧揣想，儿童泪水的水分子结构或与成人不同，属于大分子，聚成团而不破，与露珠仿佛。而成人的泪，特别是老年人的泪流下来散在脸上，化了，见不到珠。人老了，连泪水都出水货了么？散掉的泪是小分子结构，钠含量高，流得快。成年人流泪，只见他们用手抹，见不到泪水，说话鼻腔堵塞，鼻腔无共鸣，这是真哭。电视剧演员用眼药水假哭，一听声音就听出赝品哭。而儿童是另一番情景，号啕的同时倾诉，鼻腔照样共鸣。儿童厉害呀，他们大滴的泪水多么真挚。

露珠挂在草上如同挂不住，但还在挂着。草为能抱住这么一团水而昂然，它们昂然有理由。拿人来说，没有盆，没有碗，你能抱住一团赤裸裸的水吗？不能，人抱不住水。如果哪天见到露珠满身的人，估计他已得道成仙了，可写入《本草纲目》。

水在人的细胞内也是一颗颗露水，被细胞膜包着，钾和钠承担细胞壁的水平衡，不要瘪了，也不要涨破。从比重说，把人看成是水做的没说错，水占到人体 70% 以上。人脸生皱纹是皮肤水代谢出了问题，皮薄了才生皱。然而多喝水并不能直接喝进皮肤里。人空腹饮水，30 秒进入肠道，多余的水全被排出。人类皮肤的水分靠脂肪（油性）来平衡，油性少了，水也少了。你看不到一个老年人对着镜子挤粉刺，他的皮肤与内心已经没有多余的脂肪与情感化为粉刺，油少了。年龄控制人的一切。

我的曾祖母曾说露水是月亮给太阳写的信，夜晚挂草上，太阳早晨收走。曾祖母努恩吉雅给我讲过许多稀奇古怪的事情，不知是她的创作还是民间传说。

月亮给太阳写了什么？我问曾祖母。

哎呀，信里面什么事情都有。曾祖母回答我。谁家丢了羊、猫干了哪些坏事、蛤蟆干了哪些坏事，月亮都要告诉太阳。

人能看懂露水的信吗？

她说：甘旗卡地方有一个说书的人专门看这些信。这个说书人叫龙台，他把露珠拿到嘴里尝一下，就知道信的内容。

他比太阳先知道信的内容？我问。

对的。曾祖母说，但他不是太阳，知道了也没用。龙台从露水里知道了许多药方，可以治好门牙中间的缝。

这是讥讽我。我两颗门牙中间有缝，这是我特意用一分钱硬币别开的。有了缝，含一口水从牙缝中可以滋出一米远，冲跑墙上爬的蚂蚁。听曾祖母这样说，我猜露水里有信是她的即兴创作，相声术语叫“现挂”。

再说阿垅，他本名陈守梅，杭州人，黄埔军校十期毕业生，曾做中共地下工作。1955 年受胡风案牵连下狱，1967 年病死狱中。《无题》结尾写道：“我们无罪，然后我们凋谢。”

流　水

流水的声音好听，从小溪穿过鹅卵石，乃至水穿过人的喉咙钻入肚子里的声音，都好听。跑步之后，口渴如弱禾，仰面饮水，我听到“咚咚”的水声，极为敬佩。这是什么声音？水砸在肠子上，还是喉咙像活塞一样收缩？

夏季跑步之后，我大约要喝1246毫升的水，其中漏出来一些，化为汗。运动结束，人的皮肤如同漏斗。喝过水，你盯着自己的胸脯看，每个汗毛眼都冒出一眼泉，互相投奔，化为大滴的汗流下，还拐走了我体内的一些盐分。回头多吃一个咸鸭蛋就成了。

喝过水，我想象水在身体里面的神秘旅行，经过胃，在小肠排空，进入血液当中。我拍拍大腿、胳膊，和那些水打个招呼：到了？都到了。其中最活跃的水，已经跑入微细血管，即身体的表层，所谓皮肤。

我喝过的水，有龙井、可乐、伪装成苹果颜色味道的碳酸饮料，还有矿泉水、自来水。它们在血里流淌，如果把听诊器放在脉搏上，所听到的就是流水的声音，咚咚，跟喝水的声音差不多。

水的声音，是水的喊叫与诗歌。水流的时候，一点点的阻遏、不平、回转都要发出声音。如果在三里之外听一个瀑布的喊叫，急促的呐喊变为低缓喉音，像弦乐的大提琴声部。而滴水之音，是孩子的独语，清脆而天真，像念课文一样。屋檐的泻水是女人的絮叨，漫长而缺少确切的意义。而风中的雨水，像鞭子与泼墨写意，是男人的心声，在夜里听到尤为峻切。

在北方的冬季，河床的冰下会传出流水的声音，像笑声，不由让人想趴在冰上寻找一阵。冰下的水流黔黑，浮漾白雾，庇护着黑脊的游鱼。如果人耳的听觉范围再扩大一些，还会听到水在树里流淌的声音、在花盆的土里渗透的声音：呼啦啦、哗啦啦，像在龙宫里一样。

在白堤上跑步

八月的早晨，我在西湖的白堤上跑步，湖面见不到水的反光，白纱轻笼。纱衣的四周影影绰绰显出一点湖心岛的轮廓、树的轮廓。白堤白，不如湖上白纱更白。堤坝两边的柳丝垂向湖水，如钓取白纱下的水中锦鳞。随着天光破晓，湖面渐渐清晰，白纱的雾气仿佛被水融化了。时辰约在早上五点多钟，湖上、堤上出奇的静。我要说的不光是西湖的早晨没有喧哗，我说的甚至不是诉诸听觉的声音，是那湖面，那雾，那远处缥缈的亭台给我心里留下的静谧的印象。雾气略微隐去，如小心掀开蒙在湖面的纱衣，湖水似沉黑的琉璃，分外光洁。水面上方尚未散尽的雾气，以及与雾气同样色调的蛋白色的天空，如同包裹湖水的外壳——黑玉石外层的白糙石皮子。天一点点亮了，玉石湖水的面积越发大了，似大块玛瑙的内胆，只有沉静的光亮，而无波纹——西湖就这样出现在人们眼前。此时知道台湾摄影家郎静山创作的水墨般的照片确乎来自造化而非暗房技术。这一种美不能简单地归结于雾，哪里没有雾？华北大平原的早上天天都下雾，天低燕赵，唯有一雾。西湖是人文与造化的完美结合，人工与人文让大自然更精粹，更有韵律，更利于大自然的吐纳呼吸。西湖就是这样一个天人合一的完美范例，这是中国智慧的结晶。

在白堤上流连，眼前的景色有如音乐，如小提琴以最弱音拉一个无休止的长音，背景是竖琴的细碎的伴奏。人耳听不到，只因人耳捕捉不到这个频率的波长而已，乐声一直不绝如缕。静谧的气息不止于雾气散去，湖水渐渐鲜明，还有柳枝间的鸟雀乱跳，鸟雀飞起落下的力量已让枝叶晃动。每一个早上，鸟儿都要发表长篇议论，独白或对白。白堤的鸟雀鸣唱恰如此处风景所称“柳浪闻莺”，玲珑宛转，如同音符在树枝间跳来跳去，却见不到鸟儿的身影，只有树枝晃动。如此，鸟与树让西湖更加静谧。鸟鸣——我猜想它们也是依景抒情，白堤不适合喜鹊与乌鸦的嘎嘎大叫，嘎嘎之音宜发乎酸菜血肠与二人转的边地，不嘎嘎衬托不出那里的辽阔。白堤的柳枝垂直而下，枝不动，柳叶间或动一下。静谧的白雾覆盖湖面，一定没有风，柳枝以竖直的绿线条分割长堤的直线和湖面之空濛，免得让人面对着湖水产生茫然。其时我住在西湖“曲院风荷”的院子里，天天上白堤晨跑。有一天，我跑步中，目光于白雾里，于将醒未醒的西湖上，见到一只小船破雾而来。一位艄公站在船头，船下甚至看不见水，只有白雾，而艄公肩膀左右亦是雾。我不止惊讶，讲真是感动，以为遇到仙人。此公乘舟于雾上而非水中来，自古未闻也。我脑子短暂考虑：要不要跪拜呢？这样的机会不是人人能遇见的，不跪拜会不会失去一个巨大的利好呢？在民间故事里，遇仙常常跟好事连在一起。当我的膝盖如阿Q的膝盖那样不由自主地即将跪下之际，我见到仙人手握一个长长的棍子，棍子头上系抄网。而他身穿绿马甲（马甲肇始于清代，是兵勇作战甲胄改革的便装，仙人也穿吗？），马甲上印着四字——“西湖保洁”而不是“得道成仙”。如果他手里不执抄网，不穿马甲的话，我真以为遇到了仙人，比我在武当山、茅山、葛岭见到的修行人更早成仙。跑步到白堤尽头返回时，湖上白雾散尽，天际金光万丈。“西湖保洁”开始用抄网左右开弓捞拾湖上的落叶与垃圾，船上有红色柴油发动机，他越发不像仙人，尽显劳动人民平凡本色。

近几年，我连续去杭州三次。第一、第二和第三次都是观赏西湖，没其他任务。朋友邵晓锋、李坚夫妇关照我的吃住行，让我深度接触西湖。他们俩原来是警察，邵晓锋本是杭州警界大侠，破过一批大要案，如今是阿里高管。我第一次来杭住在“柳浪闻莺”边上，第二次住在胡雪岩故居旁，第三次住在“曲院风荷”里面，离西湖都不远。如实说，观西湖不应该跑步，即使如博尔特、刘翔这些跑步大师也应该老老实实地步行观赏，边行边站边坐，宜观宜思宜梦。但我的习惯是见好景要跑着看，走着心里着急，就像不让小鸟儿飞，它会着急一样。跑步之好在于人起得早。假如每一天是一生，早上就是这个人的少年时光，是美之青翠阶段。观西湖，早起游人少，你可如古代人那样看到舒展空寂的西湖，它的水岸花树都不会受到人影幢幢的打扰。早上在西湖边徜徉的人多是晨练的当地人，唱戏漫步打拳，“黄发垂髫，并怡然自乐”（陶渊明）。西湖之晨属于杭州人，外地人在头一天的奔波中一定累得起不来床了。他们起了床后，九十点钟从杭州各处的大小旅店会集到西湖，南腔北调混杂，使鸟儿躲在树上不敢出声。此时至下午七八点钟，西湖属于全国各族人民。晚上，西湖是年轻人或爱神的天下，本帮与外埠的年轻男女在湖边畅述衷肠，湖滨之夜比电影院更浪漫。我在夜里也跑过白堤，是在晚上 11 点左右，游人差不多散了。夜跑白堤宛如去了另一个地方，路啊树啊亭啊，经过亮化勾勒，烘托着西湖宛如灯光照耀下的国宝，散发着越窑瓷器的沉静之美。然而夜跑也有不妥，如此良夜，谁还在白堤上乱跑？好像不懂事。人家依依偎偎，做不完的亲近，说不完的话，怎么会有人孤零零地跑呢？这是我替别人想的，其实别人没心思想别人，他们的心思在西湖上，在爱情里边。

住在“曲院风荷”里别有风致。先是被这个名字吸引——“曲院风荷”，虽然它在宋代叫“麯院风荷”，是给皇帝酿酒的场所——这样的名字让人沉醉，如同“柳浪闻莺”让人遐想。住这里，最方便看到荷花。出了院子，穿过阴翳蔽日的杉树林和树下的郁金香花（金黄的郁金香花与青檀色的杉树恰成对比），就看到湖里大片的荷花。时逢七月，大而红艳的荷花开得正好。才扶栏观望，“映日荷花别样红”的古诗句就涌向脑海甚至嘴边。这时心里埋怨杨万里多事，他把如此美景提前总结好了，让人不由自主地去嚼他嚼剩的馍。诗做太好也不好，妨碍后人审美。湖上的荷花争先恐后仰起脸，仿佛知道如墙壁一般的游人纷纷举起手机拍照。除了孩子，无人手里不举手机，如此也是一大景观。那一年，还有一件小事顺便记下。我每日沿白堤跑两个来回，跑完在白堤东边的石栏上压腿。那一日见几位妇人对着荷花指点，望过去见一只小黄猫趴在水面的荷叶上瑟瑟发抖，显见是被人扔上去的。猫咪栖身的荷叶离岸十米远，离它身后的画舫也有七八米远，没人救，必然饿死或淹死。妇人们边指点边看我，说：“猫咪好可怜噢！”意思是让我搭救它。我脱掉鞋子，摸着系画舫的大铁链子走向猫咪（手抓链子防止陷入淤泥中）。近猫侧，手抓起猫儿，没成想被它死命咬了一口，其牙入肉之深超出我的想象，几乎要把我的合谷穴咬透，且不松口。我急忙把猫甩到画舫上，边止血边想，它留在无人的画舫上也得饿死。复游过去登上画舫，在空调压缩机后头抓到猫。这一回，它又咬我一口，感觉到它的牙咬在我拇指的骨头上，我忍着剧痛把猫扔上岸。这一切被岸上的妇人们尽收眼底，对我加以口头表扬并散去，小猫钻入灌木丛。回到“曲院风荷”即“麯院风荷”，我担心被野猫咬到骨头并发炎症，请朋友开车拉我去防疫站注射预防破伤风和狂犬病的疫苗。第二天，我跑完步再次来到救猫的地方，把药费单据塞到小猫钻进去的那个树丛里，得让它知道我花了多少钱，一共1700多元，还不算疼的事。救了小黄猫一条命，我还是挺自豪。

对西湖我还有许多感受，但美的感受说不出来。叹西湖之美，最好睁大眼睛，闭上嘴巴，我们说不出它的美之万一。而用文字形容西湖的好，更是无奈。假如非要评论一下，一定是最简单的字：好！变化一下，也只是“真好”而已。语言完全不能（永远不能）与大自然的宽广与细微之美相对应。

跟邵晓锋聊天，他说他太忙了，最大的心愿是退休后到西湖边上转一转。一个杭州人，竟没时间观赏西湖，真是好可怜。你有美景，我没时间，花生米与牙不可兼得。我说我最大心愿是当一个身穿马甲的西湖保洁员，左网右舵，虽南面王不易。李坚听了大笑，说这算什么心愿。她不知，当一名西湖的保洁员该有多么幸福，可以天天在西湖上兜兜转转，想转哪儿转哪儿，随时随地成仙。我猜想，随着西湖越来越美，担任保洁员的门槛也会提高，正高职称不足以胜任，还要有北大博士学历，甚至剑桥博士学历。如果有一天报上说一万人争夺一个西湖保洁员的职位，我一点儿都不奇怪。

千岛湖的美与善

千岛湖的胜景不止于水天浩渺，更妙处在观此湖有山可登，缆车送你升于群峰之巅饱览湖景。在山巅观湖的心情已经不能以“欣赏”二字形容，欣赏这个词太平淡。欣赏是对平凡美景的浏览，而高踞山巅看大块山河，分明要赞美感叹。感叹什么呢？感叹大美天下竟然被你俯瞰得之。有句话说“角度决定态度”。高山观千岛湖，改变了你对千岛湖及一切湖的态度，站在此处可小天下，心胸顿开。

我去过黑龙江的兴凯湖和俄罗斯境内的贝加尔湖，都是大湖，大的不得了。可是人眼睛的视力面对这么大的湖显然不够完善。人眼也就看出两三千米远，还得是晴朗天气。多大的湖对人类来说只不过看到方圆两三千米，其湖之大，只是听说而已。留下这样的缺憾，怨只怨人类个头太矮，看不尽湖海全貌。高者如姚明，也只比别人多看出二十米的水面。人不能扛着梯子去观湖，能扛动的梯子都不高。消防部队有一种云梯车甚好，我早就相中了。云梯打开高度可达 60 米，但他们不借你旅游使用。而湖边，就我看过的湖而言，都没有高山，不足以登高山而观大湖。山之存在，并不为你观湖而矗立湖边。

千岛湖有奇异景观，游人登上山巅俯瞰湖水，享受到了玉皇大帝的视角。玉帝每天都这样那样地俯瞰五湖四海，一目了然。在山巅观湖的游人看到千岛湖辽阔无边，水面如镜，云彩成行成队留影湖心，就有了一点玉皇大帝才有的眼界。有些人第一次看到此景，难免要抬起手臂指点江山。此江山不是浙西的江山县，而是千岛湖的水面、岛屿、鸥鸟和云彩。人在此刻，胸膺如充气人偶一样充满豪气，不抬臂指点一些景物就不得劲儿。我从未在这么高的位置见过这么浩瀚的水面，如鸟儿一般从天空俯瞰大地，俯瞰大地上静谧的湖泊。湖水如鱼肚般呈现银白的光泽，中间有顶戴密林的黛青的岛屿，这只有在山顶上才看得到。

小时候我攀登老家的红山，看到山上的岩石里镶嵌海螺的化石。山顶的岩石里怎么会有海螺呢？别人告诉我，红山当年是海底。我听了大吃一惊，高高的红山当年竟然是海底。问是哪一年，答亿万斯年之前那一年。这消息对我来说比游泳池卖半价票还令人惊讶，我怀疑这个人在造谣。还有一年，我已五十几岁，问一位制作珊瑚戒指的蒙古工匠，好珊瑚产在哪里？他说青藏高原。问为什么呢？他说青藏高原当年是海底。好多事说着说着就到了海底，证明这不是造谣，这两人也并不认识。如今我站在山顶观望千岛湖，其景与当年青藏高原以及红山被海水淹没的情形约略相同。也是当年（1959 年），政府建新安江水库，开闸放水，淹没了村庄、耕地和古老的县城。于是，我们这个星球上出现千岛湖这一奇观。我眼前星罗棋布的一千多个岛屿，实为一千多座山峰的顶部，还有一些较矮的山被淹没了，失去了当岛的资格。而我们脚下的山更高，可以俯瞰那些岛。故此脚下这座山仍然叫山，而不叫岛。再一想，海洋上的岛屿也是海里的山峰，露出海面而已。

我们在这里看湖，看名字叫作岛屿的无数山巅，看汽艇像一条浮出水面的白鱼游过来，两舷划出长长的水痕；看群鸟飞过湖面如有人在天空撒了一捧树叶子，看岛屿戴着绿绿的树林的帽子，看远处淳安县城的高楼如海市蜃楼。这番风景难得见到，虽然想起那么多村庄、耕地被淹心里不大好受。下山时，我向左边的湖水挥了挥手，又向右边的湖水挥了挥手，把肋间涌上的豪气往外放一放。

下山乘汽艇游湖，见到湖水清得如一碗水。于舷边往水里看，无浊流，无乱七八糟的藻类。你从水面映出的石壁的青翠的倒影就知道这里水质清洁。人说杭州已准备把千岛湖作为饮用水的水源地，导游问我高不高兴？我说高兴，但我想这么大一湖的水可饮人，自然湖里的鱼虾也可饮可活，我还是先为鱼虾高兴。人不喝千岛湖水还可以上超市买矿泉水。说到这里，要说千岛湖不仅美，指风光。还有善，其水生物体皆可饮用，比美的意义更深远。

蜜山的蜜

这是多好的名字——蜜山，是不是世上只有千岛湖才有这么美妙的名字呢？我没听过其他地方有叫蜜的山。

登这样的山之前宜想象，想象它是否有澄黄如蜜的岩石，想象那里野蜂飞舞。然而登上了此山发现山上到处是树，泉水曲折流，鸟儿啼鸣，却没有蜂箱与蜂群，唯一与蜜有关的线索是刻在石壁上的大字——“蜜山”。这就更好了，符合禅宗的道理：一切外相不过梦幻泡影，蜜由心造，生于内心不辞辛苦的想象。

山上有一处禅宗寺院，我在墙上刻着的心经上面看到了另一个蜜——“观自在菩萨行深般若波罗蜜多时，照见五蕴皆空。”蜜在经文里面，然而五蕴皆空。庙宇清净，被层层叠叠的树木包裹着，树与山又被千岛湖水万千波澜包裹着，称得上秘境。但庙上的僧人对这里的空寂颇感落寞，香火钱毕竟是他们主要的供养。

在雨中登此蜜山，雨下了一会儿不下了，好像下雨没什么意思。石阶的凿坑里装满了清亮的雨水，这些密密麻麻的坑里的水是刚下的雨或先前下的雨就说不清了。这些小水洼在石阶的麻子里闪光，企图把天上的云彩都装进来。因为有湖，蜜山上的鸟比其他地方更多。湖里有搞不清数量的鱼虾，小鸟儿们吃是吃不完的。

林木遮住了天光，看不见鸟儿飞，耳畔却有不尽的鸟鸣，我喜欢用“流丽光昌”形容鸟鸣，这里再用一次——这么圆润的、水滴般的、不解其意的鸟啼何等流丽光昌。它们的合唱比和尚诵经的声音传得更远。

告别桑园

搬家之后，我也离开了桑园。

桑园是我对它的称谓，市政当局并没有任命，石上刻着“青年园”。这一片绿荫当中曾有一棵桑树。我见过桑葚，由绿变红，像鱼籽一样饱满地挤在一起。就管它叫桑园。

树木是城里找不到的好朋友。它们多么宽容。我为什么使用“宽容”这个词？因为它们始终接纳我，似乎还知道我写短文称颂着它们，曰“桑园”。

有许多次，我幼稚地——幼稚的意思是扭捏——想和桑园做一次道别，却不知怎么做。它们，依然缄默、沉郁、凡俗，让人有话说不出来，应该说“人犹如此，树何以堪”。仿佛树比我们还能担待：就走吧，没啥。

即使闭上眼睛，我也能说出桑园每一棵树的位置，说出树种和它身边常有的垃圾。桑园一共有五棵松树，包括练功之人为挂衣服而钉铁钉的两棵松树，有迎春花、洋荆木、碧桃树、杏树和被遛狗的人踩得狗屁不是的洋草坪。

有一天，我走过那条街，误入桑园，沿着回廊走。之前瑞雪先降，树们苒苒耸立，顶戴白雪之冠，于清明的夜色中楚楚生动。我说，多像仙境啊，并企图和每一株树拉拉手——大干部和僚属见面时，常自然而然拉拉手。树于深夜的静默，让人无法轻浮。它们——我说的是树，此刻收住了心跳脉搏，把呼吸也屏回，只和天地交流。我和吾妻说，多像仙境啊，树们站立黝然，邪不可干。它们个个戴着棉花的白绒帽，雍容整肃，仿佛让我们惭愧。我们惭愧吗？只是离开了桑园。我还没准备好和新的邻居做朋友，在邻居身上发现美。但桑园难忘啊，没有置酒，也没有各式的仪式，说离开就离开了。

当我再去桑园的时候，已觉察出异己感。树哪也不走，人已搬迁。别指望它们谅解，植物比人还爱赌气，不理就不理吧，我只好偷偷地怀念。

珠 宝

我认为在雨后的桑园里走，会捡到珠宝。

雨后的土地多么干净。新鲜的黄土在雨水下渗的引力下，更紧密平整。白沙汇在一起，形成边缘性的弧圈。仔细看，在白沙的边缘，还有一线黑砂。

而逆光的树叶更加葱茏，它有意无意地轻飏，甩下叶面上滚圆的雨水。这时，地面上的小石子特别醒目，雨水把它们变新鲜了。黑石子显着珍贵，黄的有一股陶的味道。而小小的玻璃碎片，远远射来刺眼的光芒，一闪即逝，像鱼雷快艇上开探照灯的水手。近看，“玻璃碎片”有时只是一颗水珠。

呼 吸

喝酒的时候，打开瓶塞静置几个小时，它的味道才慢慢醒来，好像你不能强吻一个梦中的美人。初开瓶时，瓶里的气味令人不悦，躁而厉，亦像美人起床后尚未漱齿。

这是就红酒而言，若是五粮液，开瓶即饮，同时摄入不少香味。但多数白酒仍须开瓶让它和空气接触，行家叫让酒“呼吸”。

酒有灵魂，开瓶之日即涅槃之时，赴死而永生。酒，引颈吸足了底气，活动筋骨，然后大干。

呼吸不止于红酒，草木皆呼吸，于子夜最盛。一位小提琴大师告诉学生，把曲子拉好的关键是匀净每一句的呼吸。这是一位俄罗斯大师说的，却如通《易经》的国人的口吻。

刚才，我把广腹高脚杯擦得晶亮，斟半杯酒来到桑园，放在石凳上，读书。酒是法国产，据说属“天王”一级。

桑园并没有人经过，我喜欢射进红酒里的阳光。我想象，过一会儿，鸟儿会在头顶盘旋，几欲低飞窥视此杯醉人的光芒。

读书时，我不时看几眼酒，那种酡红无可言说，像藏着极大的秘密。血，在女人腿上翻卷的金丝绒，小心划一根火柴照亮的宝石。

我端起酒杯，轻轻晃曳，心想：你呼吸够了没有？啜一口咽下，感到它的身体栽到胃里，一路点燃温软的烛光；其魂魄上扬，在喉间缭绕，放出余香，和你悄悄说话。

我端着酒，等待鸟儿飞来助兴。

净月潭笔记

我喜欢山野里的花，替它们高兴。

林中和草滩的花，像赤脚跑过来的孩子，扬着脸，多幸福。一见到野花，我就爱说这句话，野花确实幸福。它们的床、它们的院子和学校是同一片草地。净月潭的野花不是被盼望、被呵护、被施肥哄出来的。花，如同在你转身那会儿从地下钻出来的。它们顽皮，笑嘻嘻地，好像见了你之后再去见别人。野花的花朵比草高出一头，头顶还有笔直入云的树，树的枝叶上面一会儿太阳，一会儿云彩。晚上，树轮悬挂星斗。野花，多幸福。

五六月份去净月潭，森林的野花弄不清有多么多。这是亚洲最大的人工次生林的森林王国，鲜花像流水洒在近万公顷的绿地。

初到净月潭，钟情于树。这些高大的沉默者，静穆于林，如旅途中的修行人，来自一个地方，再去一个地方，却站在这里。它是信使，古老的书函落地腐烂再从树身长出一片片叶子。叶子羽状掌状、扇形戟形，还有莲座与轮生的叶子。这些叶子装订成书，堆积如博物馆，在净月潭。

尔后，喜欢净月潭的水。潭之水浩渺于天际，蜿蜒于丛林，宜于月下歌咏。牵引思绪的还有森林里的路。现今的路丑，高速路就像白条猪，好用而不好看；铁路是人类用钳子为土地施加的桎链，路的暴发户。你看净月潭的路，是“道路”里的清纯少女，把人带到青草露水的远方。

我喜欢小的东西，尤其是于巨大面前袒露生机的小生命体。小花开放在苍郁的老树边上，像婴儿在摩天大楼下面嬉笑。可是，花开在空旷的林地上，太小了，没法亲近。蹲着看一朵花，花朵得意地扭颈子，其实没有风。一只短翅的小蝶飞来罩在花上，好像说：不许看！这是我的！

风铃草属桔梗科，每株挂四五个倒悬的铃儿。这是它的粉色花，像蜡纸糊的冬瓜形的灯笼，可惜不通电，安不上灯泡。它们有电，是生物电，用于爱情而不是灯泡。紫菀是群众性的花，一开一片，适于普及，菊科。花冠的十几片花瓣长而散，微紫，像白衬衣和淡紫的毛衣混洗之后的一点点紫，黄花蕊凸出。紫菀开花像一群人摊开手心，也像歌唱演员唱尽最后一个音，双臂通展。

桔梗比它们好看，花朵有白色和蓝紫色两种。桔梗花离地不高，花兜着，像气吹出来五个角。桔梗根制作的小菜，大号“狗宝咸菜”，是高丽名吃。

说到花就要夸耀它的鲜艳，虽然我觉得不艳之花更近于人的心迹。然而，鲜艳确乎是上帝赐给花朵而非其他物种的特权。没有人长得像鹤望兰那么热烈，也没有像花朵般鲜艳的动物，只有一部分鸟类的羽毛具有花性，人只是花心而已。净月潭的艳花如石竹花、紫茉莉、酢浆草，全都艳红惹火，但我看到最艳丽的花（实为果）是红姑娘。红姑娘是茄科植物酸浆的果实，又叫红灯笼、天泡儿。林地上，不期然遇到一棵红姑娘，鲜红的荚衣包裹红珠，没见过的会吓一跳，以为神物。《红楼梦》中林妹妹的前身叫“绛珠草”。周汝昌考，绛珠草又叫苦苏，正是酸浆。东北乡村的孩子差不多人人吃过红姑娘，牙咬上，“啪”的一声，多籽，味甘。作家端木蕻良著文写过它，名《红姑娘》。

光说花，草类不爽。草认为写字之人重花轻草，无异于重色轻友。是的，这是中肯的批评。人类喜欢把花与草分开讲述，这是沿袭而来的愚蠢习惯，上帝并不这么做。对植物来说，茎、叶、花、果分不开，就像一个美女的脸蛋和她的肋骨、脾和脚踵都长在身体上。一个人说：“美女，我爱你！”已包括爱她的脸蛋、脾、脚后跟、脑垂体和胳膊肘，虽然他盯着美女脸蛋说出这句话。植物的迷人包含了它在花朵之外的朴素与华丽。

金灯藤是旋花科，又叫日本菟丝子。我在净月潭发现这株花的时候，天已向晚。树身渐黑，林间斜入金黄的夕照。它紧密缠绕萝摩的干上，茎为淡红色，近于透明，像婴儿的手指放在老年人的臂上。葛，在春天萌发葛条，黑绿表皮生出一层白芒，蚂蚁不来爬。一只凤蝶落上面，假装思考，假装吸葛条里的汁水。蝶飞走之后，摸一摸葛条，白芒软中含硬，凤蝶可能在搓脚，去除滑腻的花粉。酢浆草的叶片乍一看是六片，再数数，还是六片。其实是三片，每一片半折有痕。叶子圆而平展，露水落在上面一定搂不住，“啪哒”掉进土里。合欢的叶子羽状复生，比团体操还富于仪式美。它的花比较搞笑，像蒲公英把头发染红并吹成爆炸式。

述说花草，如癫人说梦，是说不清也说不完的絮叨。我在净月潭看看这朵花，瞧瞧那株草，直起身看树，觉得自己从一只蚂蚁变身麋鹿，胸次由小乃大。一个人在林中走，心里跟植物说话，浅近的话是“真美，真绿，真好”；深入一点，却说不出植物的锦绣心肠。

人对树说的话质朴，对草说的话绵密也质朴，跟花说的话没什么逻辑，跟林间小路说说话忽然想唱歌，跟云彩说话累脖子，见到净月潭的水之后没话说了。话无踪迹之后，心安静。看水面像镜子、像碧玉、像刀切的皮冻、像水……

静中日月长

这里真静谧，不管它叫舍力图还是独逸学院。我从早到晚敞开窗户，传进的只有小鸟的歌唱，楼下餐厅偶尔传出轻轻的笑。今天割草机来到窗外草地，像喝醉了一样轰鸣割草。我不明白割草设置那么大马力干吗？它割完气哼哼走了，留下草香不绝于鼻。看天，常见喷气式战斗机飞行，很高，听不到声。

静谧是不准确的词。动态可以用词形容，而静，像止水、像透明的空气和光线，没法用词语状之。静者，姑且形容无声，其实是安然。世界上没有哪一个角落是无声的，鲍尔金娜在小说《门》中说“真正的静谧，人自身会发出一种声波，像蚂蚁交头接耳”。我们已经习惯把没有噪声叫“无声”了。都市的人所称噪声是车辆行驶鸣笛、工地机械、楼下互相骂娘和火车对面卧铺客的呼噜声。如果把声波震动转化为热动能，100 个打呼噜人都可牵引一辆车厢前进，不用买票，别人还得给他们献钱。

摆脱了这些噪声，人说寂静无声。这里的无声里除了鸟啼，还有青草翻身和树叶说梦话的声音，松鼠在枯干经年的褐色落叶上奔跑打滑发出的声音。我在森林里手摸一棵红松，树皮发出纸页的声音，这声音就是身份。大自然有无穷无尽的声音，昼夜而发，夜里更多一些。交织一起变成所谓地籁——浑然的声波，像大提琴在低音声部的运弓，一直往右拉，不回弓。曼托瓦尼乐队就是这么处理尾音的——录音时，把起弓声贴在回弓上。就如同乐队的人合力运一把弓，边运边走，从斯图加特走到瑞士琉森，像一队贩私盐的人们。

静谧包括阳光照在十八世纪的老瓦上，瓦身凑巧掉了一些粉末，落地上发出微小的声；树把阴影移到草地上，晒太阳的小虫抱怨着转移到亮处的行进声；草叶阻挡风的声音。这些声音本来可以构成轰鸣，但树、草和泥土把声音过滤吸收了，使人的耳膜感到安适。人耳更适合听到和谐的声音，如乐器之大三和弦，或雨水声、敲玻璃杯声。敲玻璃杯声之悦耳极为奥妙——当，此音并不是一个音，还有回声，箕泛音。泛音发出最多的是鸟啼，一个音分出两层。最悦人的是小鸟唱歌时喉咙里仿佛有水没咽下去，行家叫“水音儿”。邢台一带管这种鸟就叫“衣滴水儿”。为什么是衣，而不是一呢？这一类的问题没地方问去，自己在心里闷着吧。

窗外是天地之籁，窗内是收音机的音乐和介绍性的德语。这个电台早上 4 点起播大作品，交响乐；下午播音乐会现场（有掌声）；晚上播小作品，如合唱、单簧管奏鸣曲、小提琴奏鸣曲。我比较听不进去的是主持人和音乐家的对话访谈，音乐家回答问题像吵架。

我在“静”里，觉得时间真正现出了本色，它们像脱光了外衣在溪水里游走，和市场里尖锐的时间、机场破碎的时间、官场沉闷的时间都不一样。静的时间干净，时间长。我像牧区的人那样放弃了手机、手表，看窗外揣摩时间。有时候，时间多到一堆，蹲在窗台上看我写作。我躺在床上，床单被褥洁白，觉得应该想点事情了，却不知想啥。家人劝我四处出游，比利时、法国、瑞士，我以为这么静静待着非常好。上那儿能找到这么安静、草香鸟啼的地方歇着？不好找，今日偏得了。

过青龙桥

青龙桥车站位于燕山长城的豁谷之间。如果说长城是龙，在青龙桥看长城，不如说此处的山是龙。山的这边那边就是塞外与中原。山势起伏如痛苦挣脱，像把脚踝磨出白骨来淌着血水的大锁链。长城修在这样的山上令人惊心动魄，或者说只有这样的山上才应修长城。修了长城，就像天神一鞭子抽到北方的脊背上，这疼痛永不消失。静下心看青龙桥的长城，在仿佛连山羊都攀越不过的山上怎么能修出这样高峻的城墙呢？

旅客在换车头的时候下车徜徉，月台边上堆着一垛垛方正的青石条。这时，天上飘下小清雪。在苍凉雄峻的群山城堞之间，小清雪们极其羞怯，落在地上蹑手蹑脚，仿佛怕惊动了什么人。然而，犹犹疑疑的小清雪还是结成疏松的白网，洒在地上，毛茸茸的。有的雪花化了，也只是湿了那么一小点的地方。

这里面确实有一些不寻常了。上车往前走，我才知道不寻常之处在哪里。

那是在山坳中，有两株杏花开了，一红一白，我大为惊奇。在北方，杏花不同南方的梅花，与雪绝不同一时令开放。雪中看杏花，令人说不出话来。杏树只有人的肩膀那么高，是灌木似的山杏树，枝丫横逸。杏花只有十几朵吧。温婉的清雪在树干上融化了，树干变成湿润的深黑色，而仰着脸的杏花显出娇贵。这都是列车掠过那一瞬的印象。

在这雄浑的流了几百年的血的山里，仿佛应有锋镝过耳，马蹄把石块踏出火星。让苍凉的胡笳声飘在俯身而死的战士们的脊背上久久不散。在这里看到清雪中的杏花，令人触目惊心。

再次停车的时候，窗边的石壁已变为干燥的土崖。这是一个忘了名字的小站，土坡上露出新鲜的黄土，那是庄稼人用马车拉走填猪圈积肥用的。在没被挖走的土坡上，长着一片片寸把长枯干的小草。草色黄得如油画一般典雅，毛茸茸的。有一块草被野火烧了有磨盘大的地方，野火熄灭处一圈锯齿似的焦黑。似欲进欲退，那黑色非常触目。

铁　轨

我送阿如汉回赤峰，走过车站天桥的时候，从绿漆的木壁板的窗户里，看到了通向远方的铁轨。从这个窗口看，铁轨像白箭组成的河流，从脚下钻出去。

我喜欢看铁轨在远处转弯的样子，这使它更像一条道路。如果弯过去的铁轨被树丛遮蔽，感觉更有趣。火车将要开到一个很好的地方，那边应该有河与浮水的白鹅，老人站在石砌的院墙里的枣树下，向火车凝望。

车站只有两处地方阔气，一处是站前广场，另一处是布满密密麻麻铁轨的站台。其间亮着红灯绿灯，糙声的喇叭里传来铁路的神秘指令：洞拐洞进 8 道，然后是沙沙的噪声。我小时候，父母领我在午夜的新立屯下车，寒冷。我们高抬脚，横穿铁轨到站台上去，城市里没有灯火。喇叭里突然传出男声，说一串古怪的话，我学不了又忘不掉。大约是“喔噜喔哩，哩咚锵咚，咚，瓦里锵咚咚”。在冬夜里，显得十分突兀可怖，而且说完再也不语。我问父亲这是说什么？他沉吟少顷，说“跟火车司机说事呢”。

眼下这座天桥还是日本人修建的，木制。踏上去，“咚咚”地抖颤，却未垮，真使人感到岁月倥偬。六十多年来，有多少人埋头从这儿疾走，去远方或临家。

铁轨银白是车辆频驰的标记，而下面的枕木边上，仍有一蓬蓬的绿草。它无视于头顶隆隆的车轮，安闲地舒枝展叶。有些铁轨，只经一夜的雨水，就泛出黄蒙蒙的铁斑，好像说该歇歇了。在我的印象中，雪后的铁轨里黑辘辘的，是一道道包裹大地的绳索。

阿如汉现在已是一名商人，扛着沉重的货物在蚁密的人群里躲闪冲钻。然而他还是一个小孩儿，当说到货与款有所出入时，竟吓得脸色发白。

“舅舅，走吧。”阿如汉说。我们扛着货，到 4 站台等候开往赤峰的 208 次普快列车。

铁路的尽头

地图上，我的老家位于铁路的尽头。铁路修到这里不修了，或修不下去了，值得商榷。那时我还是少年，有一天背上军用水壶，揣干粮踏勘这件事。

赤峰在地图上是个圆圈，代表铁路的红线止于圆圈。事实却没这么简单，铁路经过车站又修了挺远。这一段在地图上不应该短于一韭菜叶。我想象的铁路尽头是这样的：它修到一座悬崖上，下面是万丈深渊，不能修了。第二种情形在平原，铁轨无端地停在某一处，边上立一牌子写道——铁路修到此处为止，年月日。最后那根枕木如同漫长的行军队伍中末尾的士兵，我觉得那根枕木一定像老兵。第三种情形是在铁路尽头立一堵墙。从这边看，铁轨好像从墙底下穿过去了，从墙那边看并没有。这都是我想象的，实际情形可能更好看。总之，铁路的尽头——富有诗意，跟蛮荒、雄壮、神秘都有一些联系。

那一天我踩着铁轨往西边走，反正也没火车了，随便走。铁路的方向对着一座山。我认为这个思路对头，铁路修进山洞里，才是它真正的归宿。火车可以在山洞里尽情歇着，像个仓库。我走了很久，大约十华里吧，铁路沿山根圆滑地拐弯了。它为什么不钻进山里？它简直在骗人。铁路沿着山脚绕了过去，还往前修？不拉人到这里干嘛来？多大的浪费啊！在地图上，它超过圆圈大约有两个韭菜叶宽了，纯属多余。我继续向前走，铁路顺地球的漫圆下坡了，一点儿道理都没有。走到这一处，看到野兔。一只坐不远处看我，我追将过去捕之，这只黄野兔待我靠近才跑，当然比我快。非但快，它还坏。野兔钻进一丛灌木——待我冲进去才知道是荆棘。我像落在蛛网上的小虫被刮住了，衣服撕破两个口子。荆棘丛下面是蜥蜴的家，蜥蜴跳着冲进洞里，洞的嘴像吃面条一样把它吞进去。这儿还有大片的蓝莓。全世界没人知道这里有多到令人意外的美味的蓝莓。我盘桓一遭儿，再找铁路却找不到了。这是我所遇到的一个铁路失踪事件。既然星星在天空会失踪，简陋的铁轨也有这种可能。也可能没失踪，铁路派兔子引我于歧途。我衣衫褴褛回到家中，至今也不知所谓铁路的尽头是什么样子。

雅歌六章

一

山坡上，有一棵孤独的高粱，它的身边什么也没有，山坡的后面是几团秋云。高粱脚下的茬迹证明，伙伴们被农人割下，用牲口运走了。

那么，农人你为什么留下这一棵高粱？这是善良抑或是残酷，说不清。

高粱很高，兀自站在秋天的田野，样子也高傲。它的叶子像折纸一样自半腰垂下来，又如披挂罗带的古人。叶子在风中哗哗商量不定。我想它可能是一位高粱王。

山坡下面是一条公路，班车不时开过。这是高粱常常能看到的景物。看这样的景物有什么用呢？对高粱来说，此刻它最喜欢躺在场院里了。

观看一棵孤独的高粱，能真切地看出高粱的模样。我站在它身旁，拉着它腰间的叶子握了握，想到它的主人，那个割地的农人。

我手握着这棵高粱向山下看，如同执红缨枪的士兵。撒开的时候，心情有一种异样，怕它跌倒，但它仍站立着，很奇怪。

我连连回头，下山了。

几年后的一日，下午闲坐，忽然想起这棵高粱。急欲买车票去看它，并为此焦躁。像这样一件奇异的事情，我怎么能够才想起来呢？那一年的冬天，北风或飘雪的日子，高粱不知怎么样了，这确实是一种后话。

我想，我若是一个有钱的雕塑家，就在路旁买下一块地，什么也不种，只雕塑一棵兀立的高粱。不久，就会有许多人来观看。

二

我希望有机会表达一个愿望，然而这愿望很快被忘记了。今天的路上，我想起了它，并因此高兴。

赞美公鸡。

我很久没有见过鸡了，城里不许养鸡，菜市场一排排倒悬的白条鸡，不是我想看的那种。

古人愿意为世间万物诠释，即哲学所谓“概括”，并找出它们与人之间的联系。他们说，鸡有四德：守信，清晨报晓；斗勇，铩羽相拼；友爱，保护同类；华饰，通体漂亮。

我妻子属鸡，在本命年时，我把“鸡之四德”抄下送她。她除了“斗勇”一条之外，其他“三德”兼备，加上家政勤勉，也凑成“四德”。

我猜想“四德”的撰者在赞美公鸡而非母鸡。那么我再为它添上“一德”：好色，妻妾成群。

我原来漠然于公鸡的存在。小时候，尤戒惧于邻家篱笆上以一只瞎眼睥睨我的公鸡，它常不期然扑来啄我。

后来我暗暗佩服上了公鸡。

公鸡永远高昂着头，即使在人的面前也如此。脸庞醉红，戴着鲜艳的冠子，一副王侯之相。它在观察时极郑重，颈子一顿一挫，也是大人物作派。公鸡走路是真正的开步走，像舞台上的京剧演员，抬腿、落下，一板一眼，仿佛在检阅什么。当四野无物时，公鸡也这么郑重，此为慎独。

说到公鸡羽毛的漂亮，更为人所共知。“流光溢彩”这个成语可为其写照。尤其是尾羽，高高耸起又曼妙垂下，在阳光下，色彩交织，不啻一幅激光防伪商标，证明是一只真公鸡。

公鸡身边环绕四五只母鸡乃寻常事。它只要雄赳赳走来，自然降伏了母鸡的芳心。用不着像男人那样低三下四地求爱，还不一定成功。

当然公鸡也有缺点，鸡无完鸡。做爱前，它将头垂在地面，张着双翅，爪子细碎踏动，喉咙里杂音吞咽。我不忍睹，肉麻。

前年我去新宾，见到了一只美丽的大公鸡。新宾是努尔哈赤的故乡，风情迥异别处，大气苍茫。那里，山势龙形疾走，山下河水盘绕而过，水质清且浅兮。人们的相貌多具满州人的特点：宽脸盘，红润健康。

我在集市上发现了一只大公鸡，漂亮极了，体形也大于同类，羽毛霞映。我真想买下来，但不知怎样处理。我身担公干，而且涉及警务，不宜抱着这样一只美丽的公鸡拜谒长官，回到家里也不易抚养。

这公鸡无惧色地看着我，颔下的红肉坠一颤一颤。高贵呀，同志们！这是一只高贵的公鸡。

估计此鸡早已入镬。主人远它而去，不是嫉妒其贵族气质，而在于它不下蛋。人类对于鸡类的逻辑是重女轻男。

三

我喜欢这样的句子："四个四重奏。"

我希望在交织与错落中完成一种美。

比如，我愿意有一幅与喜鹊们合影的照片。在我看来，光是一个"鹊"字就比"雀"字高级，如同"雁"比"燕"辽远一样。

在这样的情境中，我希望用"合成"来表达这种需要。不仅与喜鹊们合影，又同它们"合成"一种意蕴。

在月台上，我等待一位久久未归的友人时，希望身旁有两只喜鹊。它们站在我脚下，或在离我不远的树上都行，构成同一画面。为了热肠的感觉，我膝下要有一只黄狗，它的嘴与眼俱黑，蹲在暮色的月台上。

就这样，我渴慕喜鹊。

曹孟德苍凉吟道："月明星稀，乌鹊南飞。绕树三匝，何枝可依。"诗好，但我对用"乌"来状鹊有些不满。

我喜欢过比亚兹莱黑白画的装饰味道。此刻知道，喜鹊才是高超的黑白版画。

在克什克腾，目睹喜鹊在枝上落下，无疑属于吉兆，喜鹊的尾巴像燕尾服一样，在枝上翘了几翘，优雅。

美丽的喜鹊，版画的喜鹊，我们来合一个影吧！我已厌倦了人与人之间站立一排、咧着大嘴的合影。

四

西班牙音乐中的响板。

安德捷斯用吉他弹的《悲伤的西班牙》，旋律深情婉转，旋律线下行并顿挫，拉丁风格往往戛然而止，女人骤展裙裾，男子转腰亮相。令人想起他们对于古罗马雕塑的景仰。

在这首曲子中，两段之间的过渡是一串响板，嗒哒啦嗒。最后的一个“嗒”音，如静夜醒板，似画龙点睛，没有它是万万不能的。

嗒哒啦嗒，旋律再次演奏。

我反复听这首曲子，是为了与这一声响板遭逢。佛家所谓“醒板”，是为了使人开悟。我悟了，嗒哒啦嗒。

五

三相是我朋友，他是北京人，祖父和父亲都是名医，后来蛰居小城。

三相漂亮，脸膛白里透着浅红，黄而略灰的瞳孔散发着俄罗斯式的热情与豪放。当然，他是北京人。

我们小时候在一起玩过。交情却不深。后来他喜欢上我了，其中原因我不清楚。他很纯洁，而我孤独。一般地说，人们不喜欢我。

这其中有一个原因在于，三相是聋人。他小时候，常用弹弓射击燕子。他奶奶告诫过他，不能打燕子，不然有灾。但三相还是把屋檐下的燕子打下来了。

“这是母燕子。”他对我说。母燕的遗骸在手上微温，羽毛的黑色里闪着异样的绿宝石般的光彩。

后来他聋了，说是游泳时耳朵进了水。这病连他爷爷都没给治好。

三相聋了之后，很少跟别人交流，因而他奇迹般地保留了北京口音。在我们那里，说普通话是受人讥笑的事情。然而，三相耳朵听不到别人的声音，依然满口京腔。

三相因为聋了，依然保持着儿时的语言系统，他不会骂人，因为他没听过骂人的话。我们说“果家”，他说“国家”；我们说“三卯”，他说“三毛”。我们很佩服他。

在冬天，我和妻子迎他进门，他从颈上绕着摘下紫红的围巾，那双黄而略灰的眼睛炯炯闪烁，讲述他关心的事情。

三相跑得极快。在学校的运动会上，他听不到发令枪声，看到别人跑出去之后再跃出，往往跑到第二名。

我搬家的时候，好多家具都处理了，但我没舍得那个书橱，这是三相打的。长大后，三相是一个木匠，我在大雨天推回这个书橱。它至今仍在我的房子里，成了女儿的书橱。

我希望三相到来，说一口北京话，眼睛炯炯有神。但是，到哪里去找他呢？

三相姓张，其兄为大相与二相。他姐二朵，是我姐塔娜的朋友。

他小弟四相，堂弟五相。

六

我居所邻近有一所小学。

每天上午九点半或下午三点，孩子们从教室拥出游戏，我的耳边便灌满欢呼。

在这片欢愉的声浪里，许多声音汇在一起而变为“啊”的潮音，偶尔有一两声尖叫，也是由于喜悦而引起的。孩子们必在校园里奔跑环绕，他们不吝惜使自己的声音放肆而出，感染着街市，感染着像我这样坐在屋里的人。

上帝生活在大自然当中

如果有人想寻找上帝却找不到，我向他提的建议是——到野地里寻找吧，上帝生活在大自然当中。

上帝喜欢大自然吗？是的。上帝如果不喜欢大自然，地球上就没什么值得他喜欢的东西了。况且——我们以渺小的人类的思维推理一下——假如上帝也需要一座休息的房子，需要一处院落的话，那里应该有树和树荫、花朵和泉水，有小鸟鸣唱以及松鼠鬼头鬼脑地爬到树顶上。那里的空气好一些，河流没有污染。这个地方在哪儿，叫什么？我们不必猜它的地名，比如泰国的清迈、美国的贝格力溪谷，它只是大自然而已，是自然的一小块。上帝不超重，不需要占用过多的土地。

反过来说，上帝生活的地方不会是上海，也不在杭州和广州。上帝难道会住楼吗？坐地铁倒出租车上天堂开会，不会吧？在有楼盘的地方，大自然正在灭绝。我在北京一个叫马兰里或马里兰的地方住过几天，这儿有一条河，而且有哗哗的流水声，月亮照在河里的落叶上蛮诗意。天亮了，我跑步发现这条河像蚯蚓一样被截成几段，截断的地方填土造出了房子。截河的地方之一盖着我正住的宾馆，它不是一般单位，我们姑且把它叫作据点吧。河原来活着的地方，现在是别墅或宾馆、会所与会议厅，平时没人，偶尔有人开开会或打打球。

被截断的河已经死去，所有死的东西都发臭。这条被截成池塘的河正在发臭，哗哗的水声从何而来呢？是一个伞形的喷水器把水抽出来再喷出去。这地方没有上帝，只有流浪猫和在草地上双脚一起蹦着走道的花喜鹊。

如果有上帝，他一定不年轻了，没听说上帝年轻。我觉得上帝的年龄应该比圣诞老人还大一些，之后他的年龄不再添加。“天增岁月人增寿”这话说的不是上帝，是我们，他到一定程度不再老了。身体健康、目光明亮、头脑清晰的上帝不喜欢住在城里，他喜欢乡村。但乡村正遇到一些陌生可怕的生物学名词，譬如血铅量——人血液里的含铅量超过阈值，血铬量、血钼量。俄罗斯海关经化验退回的中国大米、小麦、荞麦的铬量和铅量都超标，用来喂牲口都是一种残忍。中国烟草总公司回应中国烟草重金属超标的质疑时说，烟草不会比粮食所含的重金属更高，因为农作物生长在同样的土地上。种这些烟草和粮食的地方不会有上帝，尽管那里也叫乡村。

森林减少、草原荒漠化、河水断流、石山刷绿漆冒充青草，城市太逼仄了，上帝到哪里生活呢？故宫爱招小偷，不能住。哪儿还能住？我觉得上帝那么聪明、那么朴素，一定有办法解决这个问题。他可以变身一只鸟，在屋檐或电线杆上过夜。没听说有人到屋檐和电线杆子上骚扰住客，那里清静一些。上帝还可以变身甲虫，到北京或广州的植物园住一个夏天，那里跟大自然差不多。如果上帝在各地警卫局有熟人就好办了，省会城市都有安排大领导下榻的宾馆，归警卫局管理，那里才是天堂。

路有走不完的路

比行路者更远的是远方的路。赶路的人独自跋涉，他抬头四望，看群山静立，旷野孤寂，松树在自己的影子里休息。在行路者前面继续走的，只有路。

路在山腰爬行，在平原奔跑，在山顶上瞭望，路的体能比山还好。赶路的车进城市里休息，旅人在路上回家；路仍然在路上，它的尽头是穿行不尽的尽头。

路像人的心念，像一卷铺不完的地毯，一直往前铺。让念头碾过荒凉和沙砾，自己催自己走。

路载的并不是自己，是行人车马。路只想变成更远的路，如同行走只是行走。路看过更多的荒凉。

一川乱石大如斗，寂寞野花战场开，这是路边风景。路看到孤松把石崖撑开裂纹，飞鸟从峡谷流过。高处的白云从路上撤退，去追赶山的转弯。

路在路旁休息，靠着石壁，因为江水咆哮而失眠。路在夜里睁大眼睛，却辨不清江对岸的山峰。

路看到的景物不光山水，还有四季。春天，野花从低处渐渐爬上山坡，摊开自己的毯子。鸟儿的声音很小，口里仿佛含着草籽。春天的风在峡谷里冲撞，拍醒冬眠的树木。夏天的野草挤满了除了路以外的一切地方，草是夏天的传染病，让土地充满生的欲望。路所看到的秋季不光金黄，还有天的明亮，秋江如琉璃一般省略了波浪。冬天不是一个季节，是季节撤退之后的空寂，风雪前来驻扎。当草木的起伏和平坦消失之后，保留生机的只有路。

路没有雄伟、没有花开、没有庄稼的河流。路只有漫长，路有走不完的路。路常常疲惫，路被无休止的延伸所困扰，为弯曲而晕眩，路是自己对自己的束缚。

从天空俯视大地，最生动的是那些路。数不清的路平直、消隐，又出人意料地出现在山巅。它们没有们，只是一条路。路会分身法，把自己撒开，看庄稼、看河水、看青蛙和树叶里藏着的小鸟，而后收拢，变成一支箭，穿越隧洞。

路纯朴，路没办法不纯朴，它们每天都风尘仆仆。风暴露了它们身上的骨头。鲜花开不到路上，路与娇柔无关，路每天都锻炼筋骨。

路在奔走中增加体力。路不是青年，也不是老年。它只比农民工年轻一点。路身体好，它暗地欣慰自己好就好在身体。多好的身体遭多大的罪，遭吧。路把奇里古怪的坏心情扔进了山谷，路是情绪的主人。与快乐相比，它更愿意选择平静。平静尔后担当，才遭得起罪，也享得住福。路说，路不过是朴素、是遥远、是强壮，路有永远走不完的路。

找到了跑步的地方

我出门在外先找跑步的地方，和蔼可亲地问旅店女服务员：你们附近有没有公园、学校呀？

有则狂奔之，无可将就矣。我在西伯利亚的公路上跑，大卡车开得野蛮。跟它反道跑，让它先看到你，穿鲜艳点。我在藏区海拔四千米也跑过，明明大力，腿却迟缓，很搞笑。

德国古堡名独逸学院。古代德皇招一帮小孩来此独逸——独身、适意、静修——操习音乐、美术、文学。学院路面是面包大的石块铺砌，古老二百多年了，边隙蓬草。不好跑。而堡下公路上有汽车——德国对车不限速。漫游间，见一小路通向树林，太好了。这是笔直的砂石路，禁汽车，简直是为跑步、散步者开辟的路，直到永远直，六公里到头是一个湖——水源地。不担心迷路。

跑啊跑，如果不跑身上难过。大树二十多米高，小树是次生林。伐下的木材堆在路边，已灰白。这时是早上五点钟，林中鸟唱，想起莎士比亚作词、舒伯特作曲的歌《你听，你听，云雀》，这首歌和《土拨鼠》《洛莱特》一样，在德国家喻户晓。我本会唱，让鸟鸣把调带跑了。我是 C 调。它们是降 E 调，跟宋祖英一样，唱不到一块儿。路边有避让敬重松鼠的标识，没等让，它先跑了。风吹，松塔啪啪掉下，铁一般黑。在这儿跑心旷神怡，空气清新洗肺。

来德国前，媳妇拉我买了一身新运动服，我不便反抗。出门穿新衣有如乡村礼仪，展示新我，傻而可爱。她给我买的T恤蓝底白字 Run To Save Energy，我俩都不知其意，一定不是骂别人和自己的话。在飞机上及德国大街，人见此字，对我起敬意，从表情看得出来。什么字呢？小女鲍尔金娜短信告诉我，意谓“跑步节省能量”，引申为身体力行节约能源。这样的意思在西方受待见。如今西方首脑到中国访问，内容也有你承诺减少多少碳排放量，我给你多少好东西。即，你对地球好，我才对你好。

节省能源和保护环境正相关。然而报上说印度的污染大户是100万头牛和家畜，它们放屁，屁中甲烷造成温室效应。屁来自它们吃的草，你不让它们吃草难道吃冷面吗？专家正研制不放屁的饲料来喂牛。其实配方美国航天局早就有。宇航员饮食绝不放屁。屁可引出爆炸（甲烷）。矿工是不是也要少放屁？也就是说，美国航天局是全球对屁最有研究的科学机构。苇岸生前劝我作文千万别写屁，又写了，不高雅。

前天去斯图加特街里转一圈儿。感觉德国把三个世纪叠加一体。他们的乡村山脉全是森林，如十八世纪之田园风光。城里街道是十九世纪，老房子或照老屋修的新房，二三层楼，清净悠闲。地铁轻轨站（地下）如超市一样大，是二十一世纪，潮人朋克嬉皮士可杀不可辱全现身出现，美国文化极为鲜明。

三个世纪叠加的概念是平衡。环境和经济发展平衡，国力和国民收入平衡，森林（空气、生物多样性）和城市平衡。我没看到耕地，粮食可能到第三世界买。文明程度和福利平衡。富裕程度和治安平衡。这些浅见，领导人早知道，知道好多年了。中国慢慢撵吧。咱们有些地方是一个世纪。西部贫困地区基本是秦朝，我老家赤峰相当于南方改革开放头十年。一些大城市在“墨西哥化”——失地失业农民涌入城内，城市人口膨胀，城市功能丧失，潜藏危机。

森林里这条路有车辙，中间是巨大的马蹄印，像伟人的足迹。见到一个用巨木凿出的长座椅。森林深处有什么呢？不敢去，怕进入另一个世纪——十二世纪，条顿骑士骑马杀头，长沙话叫搞不赢他们。

如有人问我：你跑步时想到了什么？我答洗衣液，这玩意要到城里买，我不知道怎么进城。

我的鞋已经累了

忽然看到，我的鞋已经累了。

它在门口的水泥地上，和地毯上的拖鞋隔一道门槛。拖鞋天生有悠闲相。

我把皮鞋上的灰土拂掉，它仍然透露一种风尘仆仆的样子，鞋帮鼓鼓囊囊，鞋尖翘起，底有些偏。总之，我说不好它的表情，大约像一个采购员、车老板子或精明倦怠的菜贩子。

我不是坐车那种人，也少骑车。除了跑步，我喜欢在桑园的腐殖土上踩过，嗅那里的香气。我的双腿已如南怀瑾所说“走透了”。走透了之后，就感到自己成了另一种人，高攀地说，我已经能够读出惠特曼和泰戈尔诗中匆匆的脚步声。

寻个盒子把鞋放进去。你们睡吧——我对鞋说，这几天，我哪儿也不去了。

每个人理应赞美一次大地

每个人理应赞美一次大地，那是他们最终要去的地方。

但我们好像要想一想才想起什么是大地。它不是水泥地（水泥是大地的禁锢），不是楼房（楼房并不是土地长出来的东西，而是商人建造的商品）。大地也不是街道（地在街道底下）。大地是长庄稼的地吗？

长庄稼的地叫耕地，它是大地的一小部分，可以养人，古人称为田。大地并没少，耕地却越来越少，人类开始在耕地上盖楼，吃饭的问题以后再说。大地上有村庄吗？有，但这是过去。过去，村庄生长在大地上，长在河边，像大地上结的一个葫芦。如果村庄可以衰老，如今它们正在衰老。农人的门锁了好多年，院墙废圮。村庄的主人去城里打工，村庄由于缺少人气而老态毕现。没有鸡鸣犬吠的村庄老得最快。而另一些村庄是被活生生消灭的，乡民进城住楼，他们腾出的村庄下面的土地用作工业用地和商业用地，总称“发展”。在没有露水、鲜花、青草和小猫小狗的地方总有一样东西旋转，这东西说不出名字，只好管它叫“发展”。

大地还在——其实人说出“大地还在”这话是可笑的，大地不在谁在？——但有时找不到它。想念大地时会想到遥远的地方，比如新疆和青海，似乎那里才有大地。或者在电脑的搜索引擎上录入“田园”“庄稼”“湿地”“保护区”这些词语，收看大地的图片，在上面看到野花和绿草，也算见到了大地。假设我们在城里看不到大地——楼房和水泥地面屏蔽了大地的表面——郊外应该是离大地最近的地方。去了之后，见到了什么？

郊外还在，大地又不在了。我去过的许多城市的郊外堆满了垃圾，可叫垃区或圾区而非郊区。人太能生产垃圾了，城市镶着一条垃圾的项链，城边的垃圾山中间是失地农民住的出租房，所谓大地被压在这些垃圾下面。一些没有垃圾的城市郊区也看不到大地，人们造出一条假的河流，水泥衬底，用水泵抽水吸水。这是像假唱一样的假河，两岸栽种鲜花绿树，但这不是大地的样子，它们不自然因而不属于大自然。

我庆幸我见过大地，比如今的儿童幸运。大地有田但不全是田亩，有荒野、沙砾与河流，野草、树木、动物和昆虫是大地最早的居民。落日好像点燃了一万个柴禾垛，月光洒在铺着细沙的河滩，风里有柳树的苦味、河水的腥味、野兔粪便和狐狸的骚味。大地上野花盛开，颜色淡，好像鲜艳会惊扰大自然的庄严。大地无所谓好不好，对草木动物而言，从来没有不好。虽然大地冷冻，动物们缺少食物，但这不是大地不好的理由。大自然不追求公平华美，它的规律是自然而然，此中有和谐。大地从来没想过它会成为最大的商品，成为被排污、被盖楼房的地方。大地原来是人的墓地，如今它是它自己的墓地。

赞美大地，它包容一切又生长一切，不排斥一切好人坏人在此生活并死去，大地有办法降解一切废物并把它们变成万物更生的养料，给每一样东西赋予新意。人与动物的遗体被处理干净变成青草和土壤里的微尘。大地松软，人们虽然看不清大地的脸，但一年四季它有不同的表情。春天，草木开花分明是大地笑了。月光下，大地静谧如霜，这是大地入睡的表情。

人们爱说“走什么样的路，到哪里去”等等，其实最终都要走向大地，这是所有人无法回避的前程，但常常叫作归宿。那么，为什么不事先关注一下大地、赞美这最后的归宿之地呢？大地辽阔，春去冬来。尽管大地之上有丑陋的建筑，但大地时时都在我们脚下，这件事毫无疑问。能够让花开放的是大地，让人得到最后安宁的也是大地。大地超出人的视野，它的身影如同落日的黄金射线。

钟声

在音乐中，离生活最近的是钟声。换句话说，在生活与劳动产生的音响里，唯有钟声可以进入音乐。

人常常把钟声当作天籁，它悠扬沉静，仿佛是经过诗化的雷声。在城市上空，在由于烟尘环绕而使太阳一轮金红的晨间，钟声有如钢琴的音色，让半醒的奔波于途的人们依稀回忆起什么。像马斯涅的《泰依斯沉思曲》，不是叙说，而在冥想。人们想到钟声也刚刚醒来，觉得新的一天的确开始了。在北方积雪的早晨，钟声被松软的、在阳光下开始酥融的雪地吸入，余音更加干净。有时候想，倘若雪后之晨没有钟声，如缺了些什么。索性等待，等钟声慢慢传过来。这就像夏日街上的洒水车驶过，要有阳光照耀一样。

钟声可亲，它是慢板。它的余音在城市上空回荡，比本音更好听，像一只手，从鳞次栉比的屋舍上拂过，惊起鸽子盘旋。如果在山脚听到古寺传来的钟声，觉得它的金属性被绿叶与泉水过滤得有如木质感，像圆号一般温润，富于歌唱性。当飞鸟投林，石径在昏暝中白得醒目之际，钟声在稀薄的回音中描画出夜的遥远与清明。在山居的日子里，唯一带不走的，是星星，还有晚钟。

在晚钟里，星星变大了。每一声钟鸣传来，星星一如激灵，像掉进水里，又探出头。那么，在天光空灵的乡村之夜，光有星星而无钟声，也似一种不妥，像麦子成熟的季节，没有风拂积浪一样。

如果用人群譬喻，钟声是老人，无所谓智慧与沧桑，只有慈蔼。那种进入圆融之境的老人其实很单纯，已经远离谋划，像老橡树一样朴讷，像钟声这么单纯。自然，这是晚钟，是孩子们准备了新衣和糖果，焦急等待的子夜的钟声。在昼日，钟声是西装尚新、皮色半旧的男人，边走边想心事。总之，随你怎么想，钟声都能契合人的心境。

一个没有钟声的城市，是没有长大的城市。在喧杂之上，总应该有一个纯和的、全体听得到的静穆之音。

每个人都欠地球的债务

以碳排放量观察人类的活动，会看到许多不公平或者叫愚蠢。比如说，人看一朵鲜花好看，看也就看了，鲜花不会长到你头上，你也变不成花站在泥里。而如果大施机巧，用彩缎织上花之纹样，穿在身上，实在不必要。穿了花衣服的人仍然是人而不是花，而彩缎的产生，也是碳排放量的产生。

鲜花的彩缎仅仅是一个小寓言，人类自作多情的事情多不胜数。2008年，我应德国外交部邀请，驻访斯图加特一个月。这里是大众、保时捷和宝马的故乡，但街上车并不多，比人们想象的少得多。斯图加特的市民不是买不起车，他们认为——只为了一个人或两个人的出行开一辆车上街，有悖环境伦理，太嚣张、太过分了，付出太多的碳排放量。所以，当你来到斯图加特的地铁和轻轨站，发现人比罐头里的鱼还多。汹涌的人流在公共交通工具里面，减轻心里挂念的欠地球的债务——排碳。

在那里，我明白了小气的德国人在所有灯座上安装节能灯的缘由——减少碳排放，也明白他们夜晚的城市常常没什么灯光，像防备空袭一样，都是为了减碳。灯光通明的城市有什么好？给谁看？通明的代价是什么？

如果灯光通明的代价是个人多支付电费，或商家、政府多支付电费，那只是小代价。大的代价也是不可逆的代价是煤转化为电，大量排碳，无辜的地球承担了太多的温室气体。

在斯图加特，许多人骑自行车飞驰于绿色的乡野，他们宣扬的实为一种新道德，即出行不排碳的道德。如果道德可以分为大道德和小道德，小学生见老师敬礼只是小道德，随地撒尿也只是小的不道德，最大的道德是人对地球的责任。俭朴是长远的美德。

“责任”这个词非指人建设地球，千万不要再对地球施以建设，责任是说人对地球生态的尊重，核心是减少碳排放量。人活下去，也让地球活下去。责任的含义还包括：减少、延缓以及停止人对地球所欠下的高额债务，人人过一种少碳或无碳的生活。

从这个思路说，人可以检点的地方太多了。举例说，我长期使用打印机纸的正反面，跟钱无关，跟环境有关。人之写字，已经有些多此一举，白纸只用了一面就扔掉，未免可惜。还有，我卖报纸的时候，捎带好多纸盒，比如牙膏、药盒的纸包装。为此，我受到收废品人的讥笑，他们说，100 个牙膏包装盒也卖不了一块钱，你怎么这么贪财呢？随他们说，我心里有数。这些小包装如果随垃圾扔掉，将身陷万劫不复之地，卖纸，还可以化为纸浆再利用，背一个“吝啬”的骂名值得。这些零零碎碎的小纸盒曾经是树，凭什么躺到垃圾堆里？

当然，这个话题可以越说越大。我的一个朋友承包了辽宁大厦的垃圾，垃圾有什么值得承包的呢？因为这里每年有无数会议召开，垃圾口每天吐出散会之后的小山般的会议材料，A4 或 B5 的纸张。少发或不发材料，让写材料的人写得短一些都属于美德，也算公益事业，都符合人对地球所承担的伦理责任。

排碳，当然不只是坐小汽车、点白炽灯、扔掉牙膏包装和材料写太长造成的，过度的衣食住行都导致过量排碳，这只是就人的生活而言。而经济格局里面落后的设备、多余的产能正在导致更多的碳排放。

这是一些看得见的现象，人们心里都明白，只是还没有形成减碳的习惯，因为我们还不觉得多碳是极大的不道德。

北陵：人民的绿

北陵者，昭陵之谓也，皇太极与福晋孝庄文皇后的陵寝，老百姓叫北陵。它在沈阳的皇姑区——全国城市区名当中，皇姑名起得多好，像写大文化散文的人起的。它毗邻省政府（张学良建东北大学旧址）、省军区、沈阳体育学院（汉卿体育场旧址）以及按苏联图纸建造的辽宁大厦。厦内的走廊、举架高而阔。人说青岛地下由德国人修造的下水道并排过得去两辆坦克，辽宁大厦的走廊过一辆国产奇瑞没问题。

陵寝在北陵内只占一小部分，周围包着大片的树林、大人工湖和绿地。十多年前，北陵几乎是沈阳城里唯一的绿地。有一年“五一”，街上杏花才落，地透微绿，全沈阳（或许全省）的家长都带孩子上北陵来了，包括我们一家三口。自北陵正门往西的泰山路人行道上停满自行车，宽五六层，延长500多米，直到辽宁大厦。阳光下，镀铬的自行车把和铃铛皮银光闪耀，五六层宽，500多米长的自行车方阵，太壮观也太吓人了，存车人不知赚了多少钱？那天我想，沈阳到底有多少人，有多少自行车？美帝苏修打进来，光骑自行车都能把他们轧死。那一天四五点钟，人陆续撤了，所有的土地都留下了大小脚印，残破的花枝和雪糕纸触目皆是，小草只能等待明年再发芽了。这个重工业基地如此缺少绿地花草，它是个超大型的车间，装满了工人与设备。政府没考虑过工人还需要绿地、需要人工湖和花。工人嘛，倒也不觉得需要，这辈子就这样了。但他们觉得他们的孩子需要，都领到北陵来了。

如今沈阳的绿地多了一点点（统计数字的绿地面积在郊外），减少了北陵的压力。某位省长取缔了陵内的商贩和马戏团，现在里边宽敞也干净了。

北陵后面有大片的200岁以上的红皮落叶松，高大轩昂，脚下的落叶也应有200多年了，但厚度正常。在这里走一走，如赴古代，吟诵汉唐诗词均无不可。转一圈儿，一个小时出不来。想，沈阳60年中能保留这么一片复古松林殊不易，不知有多少机构霸占未果，感谢皇太极贤伉俪上大人。

早上到北陵，不能不承认这里就是人间乐园，每个人都在这里乐。跳舞分十几个场，拉丁最可观。男的紧身裤，女的露背装，岁数不大，四五十岁。他们在放荡的南美乐曲中昂首进退，闪展奔突，身上的小病小灾抖一抖就没了。湖边打太极拳的各有山头，谁也不服谁。阵容最大的竖一面红旗，写道:“太极拳好——邓小平。”估计不是小平专门给这帮人题的字，但他们认为是。旗下拳手过百，领拳师傅胡须比沈钧儒漂亮，松肩沉肘，架子稳。

北陵里面有大道，道旁接近石兽前的空场是晨练的秧歌场。扭秧歌通常一人跟一人后面舞扇挥绸，形成一条线连成的圆。这里人多，变成五六排、十几排队伍一起扭，归成圆。那片空场，七八个圆阵在移动、变幻，无一寸空地。也就是说，黑压压的老年人在扭秧歌，各自听得清自己阵营的乐曲和锣鼓点。把这阵式叫作波浪、战阵均贴切。

搬到天安门广场庆典上扭一扭都不给国家丢脸。秧歌语汇先天轻佻，小碎步、眼神动作招摇，但气势磅礴地扭过来，就成了古斯巴达人的冲锋队，抒发的全是产业工人的正气。这些人老了。东北人个头高，配上白发和关节僵硬的步态，感到工人身上藏着一辈子的力气。

北陵晨练人的玩法多不胜数。练武术的人诡秘，在僻静地方比画，像偷着搬运东西。有人无端地抱树，脸（男左脸女右脸）贴树上，抱一小时。踢毽人矫健，男女合伙，口出呐喊。打羽毛球的人一般不知自己练啥，才进园，拿着球拍东张西望。拿拖布水笔在水泥地上写大字的人写毛泽东诗词和小学课本的古诗。拿这种笔写普希金和阿赫玛托娃的诗似乎不像话，写但丁的诗几乎就成了反动标语。跳大绳的也是人山人海，靠边两人手摇一根或两根粗麻绳，人排着队鱼贯钻入钻出。我见过一人跳两根绳，左闪右挪，秋毫无犯。退出绳，他原来是个瘸子。瘸子，绳却跳得这么利索。如果上帝关上一扇门，一定会打开一根绳。

我在陵后看过一位捉蝴蝶的小伙子，至今记得。陵后人少，灌木的白花、黄花初夏全开了。一个小伙子手举抄网来回跑。他眼睛看着天空，看一般人根本看不到的特殊种类的蝴蝶。他东跑几步，西跑几步，停脚，往上看。他的心思全在蝴蝶或者说天空上。那天，这个小伙子一只蝴蝶也没捕到。但我觉得这种活动方式很好，对颈椎尤其好。与他交谈，知道小伙子夜班烧锅炉的。他对自己的工作特满意，可在白天捕蝴蝶制标本。他说话声音小。如果蝴蝶会说话，声音也大不了。我后来找他，几次都没见到。

陵后还有一个乐事——赏松鼠。几百棵古松之间，有一群松鼠。

老头儿、老太太早上揣花生米喂松鼠。它们双手捧花生米吃，很郑重。松鼠跑起来见不到身子，只见尾巴跑。它们有一绝技，头朝下从几十米高的树上跑下来。我觉得此事值得物理学家考量。按重力定律，松鼠从树上往下跑，应该跑不了几步就掉下，它怎么能跑到底呢？它的速度超过了自由落地的加速度？松鼠故意气牛顿？一切皆有可能。

北陵的雄浑、阔大、隐秘，永远无法尽知。这里有人民的绿，是健身者的天堂。

第二章 树木

树林的伴奏如几百把弓子整齐地拉过去，

每把琴的乐音会快一点或慢一点，

混杂的声音如夜空里参差不齐的

树梢围在月亮的脖子上。

在库伦沟林场跑步

早晨从库伦沟林场的招待所醒来，感觉像花朵从露水中醒来。后窗连着山坡，茂密、修长的青草上面长满了野花。花朵好像刚看完戏，还在睁大眼睛回忆剧情。前窗的对面垛着伐下时间不长的红松，鳞片还是新鲜的，松脂的香气整夜在我的房间中萦绕，梦境仿佛镶嵌了琥珀。

出门跑步，山坡传来群鸟的喧腾。我几乎不想跑了，想钻进山里把藏在暗处的小鸟一只只揪出来，看是什么样的鸟在唱这些歌。人的眼睛没什么能耐，见到的只有松树，见不到鸟。这里的空气比刚开瓶的香槟气味还香。人在城里待久了，连垃圾都辨不出臭味，鼻子在这里像一只刚刚被救活的狗。没想到，大地上竟有这么多种香气，让人晕眩，好像香味挤跑了血液里的氧。香味在脑子里冲撞，人走起路来趺趺撞撞。我有些舍不得大口呼吸，这么好的空气用来跑步呼吸都糟践了，应该慢步走小口吸气，跑步浪费香味。

水泥大道笔直通向远方，没有车过，好像白修了。水泥路上稻草袋子的花纹依稀可辨，真没怎么过车。跑吧，在这里跑步是专场，周围一个人都没有，只有天空上的白云和藏在树里看不清的鸟。皇帝跑步也不过如此待遇——我对自己说——虽然没听说哪个皇帝跑步。正在想，忽见路边房顶站三四个砌砖的人，他们停下手里的工作，看我跑步。他们的脸像砖一样烂红，身上彩色的半袖衫已被晒褪了色。我看他们，他们不好意思了，低头砌砖，弯腰时偷眼觑我。

跑出三公里，路边彩旗招摇。一块横幅写道“欢迎来到××庄园”。我从彩旗的夹道跑进去找这个庄园，跑了两公里也没见什么庄园并想象好多人拐进来找不到这个庄园而折返，庄园因此破产了。当然，真正上这个庄园吃与宿的人，都是开车人而非跑步人。因此，他们还是破不了产。两公里的夹道彩旗证明他们活得很好，至少有流动资金买几百面彩旗在风里飘。

回到大道上慢慢地跑，心情好，想唱歌并感到会唱的歌太少。在这么好的环境里，一气唱一百首歌一点不为多，把歌唱草原的、歌唱河水的、歌唱爱情的、歌唱母亲的、歌唱友谊的歌都唱一遍，才能跟周围景色相配，当然还应该歌唱瓦匠、彩旗和松树。作曲家为什么不谱歌唱瓦匠的曲呢？他们住的房子难道不是瓦匠搞的吗？我愉快地胡思乱想。左边草原出现牛群，三四十头，像红色、黑色的石头堆在薄雾里，牛群后面是一片桦树。桦树长在平地而不是山上，它们仿佛只愿意跟修长的青草长在一起。白桦林那么密，像挽着裙子的姑娘们相互拥挤。白桦树纤细秀美，有的两三株长在一起。它们叶子碧绿，比涮火锅的青菜还要绿，衬出树干的皎白静美。人进白桦林里更应该唱歌了，不一定非唱俄罗斯歌，唱哽咽的日本歌也行。

桦树林边上有小河，呼伦贝尔人称之为“沟塘子”。小河四五尺宽，青草作岸，草长二尺高，仿佛是河的伪装衣，不让别人发现这有一条静静的河。阿荣旗的伟大——但愿我使用伟大这个词不会让人惊讶——是由于这里没开矿、没破坏草原。它的土地上流淌着成百上千条小河，藏在深深的草丛里。多么好的植被才涵养出这么多条小河？熙熙攘攘的小河证明这里山深林密、草长莺飞，小鸟和白云在此安居乐业。拨开草丛，见到了河水。河水因为没见过人而害羞，扯过天上的云影遮挡面容。探身看，河里游着土黄色的小鲫鱼，水底有未腐烂的蓝莓果和红色的山丁子。小河是遮着绿色面纱的闺女，她们在草丛下奔跑，去了不知名的远方。站起身远望，大草原似一片无接缝的绿毡，见不到小河的踪影。

在这样的地方跑不了步，跑步大师来到这里也要走走停停。眼前美景太多，把工夫全耽误了。人跑着跑着，心已飞向远处。我不止一次跑下公路，看白桦林、看小河、看草叶上的露水，甚至出现幻觉，想跑到堆在天边的矮矮的云彩垛里瞧瞧。想不到，完好保护自然环境，世间竟有说不尽的美景，这里即使不算仙地，也算一个人一生很难遇到的奇境。

寂静统治着山林

寂静统治着山林。早上，曦光而非太阳本身从东山洒过来，被山腰的一缕雾隔离，如罩金纱。金光到来之前，长满樟子松的山峰被横绕的雾截成两段深绿，中间是不移动也不消散的白雾。没有汽车，水泥公路显出宽阔笔直，越来越窄地消失在高处。

寂静啊，黑黝黝的樟子松一群一群地站在浅绿的、带一些明黄的草地上，有几头牛吃草，穿雨衣的牧牛人身子一动不动，转动脖子看我跑步。我挥挥手，他立刻低下头，羞涩。四周没有声音，万物好像都在用形态和色彩对话。山丘浑圆深绿长满松树，草原平坦带有娇嫩绿色，林场的红砖房顶砌着灰色的高烟囱，公路的路基两侧堆着青色的碎石。蓝天全体瓦蓝，没有灰云尘霾。在这里，万物互相注视，它们彼此打量了好多年。而电线杆子始终站在公路的北侧，始终是这样。脚下的水泥路面清晰地印着一排动物足迹，有婴儿拳头那么大。那是水泥未干的某个夜里某个动物留下的，它不知什么叫水泥，更想不到它的行踪可以永远放在这里展览。我觉得公路就应该这样，水泥刚浇筑的时候，让猫狗、母鸡、猴子和驴在上面走一走，显出生气，证明这地方不光有人，还有其他动物。土地不光属于人，还属于所有生物，再凶残的动物也不会出卖土地。地是卖的吗？地不是人和动物刚学习走路时走的地方和他（它）们死后掩埋的地方吗？怎么能像黑奴一样被卖来卖去呢？这些话，说给动物听，动物也听不懂。

山腰那条轻纱的白雾，已经降落到山脚下，更薄了，好像一条棉胎被灌木丛剐烂了。太阳升达山巅，大地现出庄严。白桦树干染上金红色。它们刚刚还像拥来挤去的少女，现在像一队谛听唱诗的男童，面对上帝，神色虔诚。

阳光如万道金蛇从草叶下面爬向远方，这种金里透红的绿，如上天把珍贵的颜料不小心泼在这里，纯而鲜艳，让人不敢上去踩一脚。上帝就这么慷慨，每天都把万丈金光洒下来，第二天还洒，毫无吝惜。在森林和草地才能看到这样的金光，对浑浊的城市，太阳只给了一些光，而没有金光，因为那里没有森林和草地。人喜欢讲条件，其实万物都讲条件。人让地倒霉，地让天倒霉，天让人倒霉，反之亦然。人损地，或地损人是一个循环。这些年，人不明白老天爷为什么常常发脾气，降暴雨乃至造出冰冻灾害。这正像老天爷不明白人为什么在大地建造太多的水坝、水库，开矿和砍伐森林。两方面都不明白，没建立对话机制，人过分了天就过分。“人法地、地法天、天法道、道法自然”，这并不是谁管谁，法是顺从尊崇，是循环。顺天则昌，逆天则亡。那些柔软的小草、清澈的小溪和可怜的动物的背后都有一个大力量为它们撑腰，它叫道。

来阿荣旗林地草原，最深的印象是静，正如最多的色彩是绿。草太深了，一尺多高，把小河汊子都藏了起来，听不到什么机器车辆的轰鸣，也没有大到高音喇叭小到 MP3 的噪声。草站在那里，树站在那里，山不曾移动，让人觉得这是一幅静态的画。

然而，大自然发生过一切事，生生息息，却像什么都没发生。太阳出来之后，露水消失了，草在风里前仰后合，弄出有深有浅的旋涡。水泥路上，一只大甲虫自负地向前爬。我看它，它站下来，好像要跟我比一比。我比不过它，我背上没有孔雀绿的荧光壳，没有精致的六足。小鸟低飞下来，钻进草里不见了踪影。林中突然飞出一群鸟，在空中打旋尖锐啼鸣。桦树叶还在风里抖动，像女人在风中扯紧领口。大自然从来没停止过脚步，它的语言不是声音是生命。

沉 香

在海南，我见到沉香树。外观上，沉香树并不比其他热带树木更奇特，像一个内心丰富的人在人堆里并不扎眼一样。结缔沉香的树不会高耸入云如椰子树，也不会开花热烈如木棉树，它厚朴，或者说此生厚朴，沉香之香是它酝酿中的来生，如果没有发现树木伤口的结痂，如果没人去烧这块木片似的结痂，世上就没人知道沉香。

是什么人会想到烧一下沉香树伤口的结痂？为什么是烧呢？他可能把热带植物的根茎叶花果都烧过，嗅一嗅哪个香。即便被毒树熏至昏厥仍在烧，直至找到沉香。开始，这个李时珍式的奇人并未以烧树为已任，他先把所有草木的根茎叶尝一遍，对治他身上的奇疴，无效有忿。愤怒地把它们一样一样扔进火里，烧到沉香树时，上帝在天边露出笑容，香来了。

今天的生活正是由一些不安分的人的奇怪发现构成的。沉香不算怪，怪的还有砖、青霉素、烟、裤子、假牙、眼镜、文胸、电视机、大烟等好几万种东西。其中任何一种东西刚出现时都不为正派的人所接受。而那些奇怪的发现者总对上帝的安排不满意，去寻找物体背后的东西，没去想他们的发现影响了人类与自然的秩序。如绳子、弓箭、灌溉，更不必说水库、煤和转基因了。

物不在乎被发现，它们有自己的灵魂，附着于大自然之中。芳香、甜蜜、坚实、笔直是植物们现世的荣耀，只有沉香木有来生，而它的来生被人窥破，竟在伤痂里。沉香树朴素。树干显得圆拙一些，看不到香樟树的富贵气派。它的叶子普通，四五月份开出的花朵微红带紫，也没什么香气。它就这样长着，像集市上的海南农夫一样普通。谁也没想到沉香生在这样的树上。树，遭雷劈蛇咬之后，疗伤的分泌物在伤口凝聚，又在真菌的干预下结成沉香，被人类誉为“聚日月之精华”的珍品。

点燃沉香，开始没察觉它汇聚了怎样的日月精华，香烧尽了，也没觉出来精华在哪里。我燃香喜欢观烟。这支细细的沉香斜插在白米粒上，它的躯体（或许包括灵魂）在烟的舞蹈中消失。沉香不是香水，无须像狗一样用鼻子探究它。沉香的神秘首先在烟雾的形态里。沉香的烟似比其他香更细腻，人的视网膜观烟雾实在很粗陋，只见到烟的线条而见不到烟的颗粒。如用超微摄像机拍下来慢放，其图像应该是一颗颗圆珠排列而出，色彩不灰，由红变为白，在热力中滚滚上升。但我们只长了人的眼睛，就用人眼睛对付看烟吧（鸟类学家说鹰的眼睛可看到鸟类在空中扇动翅膀的频率）。人眼看烟雾，可看出其艺术性，由此想到怀素、张旭。烟雾在上升中转折，人却说不出线条从哪个地方转折，正琢磨，转折的线条又转折了，与草书笔势相同。沉香的烟势挺拔。我拿出另一种香点燃对比，后者雾气疲软，爱分岔，跟营养不良头发分岔的意思差不多。我把沉香放在主卧室如布达拉宫那种铁红色的墙壁前观赏。香的烟气像一支马蹄莲，笔直地拔上去，在高高的地方分开。它上升的样子十分沉静，烟炷保持同样的精细，仿佛上方有一个东西吸着它们。烟气散开时淡了，如一朵花的影子。烟的花朵开放后，依然不忍离开，有流连，似回头观望。看烟气动摇，人却感觉非常静。或言之，你不觉得它动，它却在动，幡不动风动；如站桩所说“静极生动”。观其他事物的动——鸽群飞翔，溪水湍流，均生不出静态感。唯观香，愈看其动愈觉其静。动和静真是不好言说的东西，它们会在一些地方重合。地球据说是动的，但我们觉不出来。白云显然在动的——我小时候见过的那朵白云早不见了——但我们抬头看云，云并不动。人低头系鞋带的工夫，云没了，投入另一朵云的怀抱，曰改嫁。远看大河未流，如一面镜子，进河方知漩涡奔涌，我在黑龙江差点溺毙即被漩涡拖住了腿。人好在只有两条腿，若有四条腿早被它们拖进淤泥里了。人看了一辈子东西，看到的多是假相。人所乐所悲者，也因为把假相当成了真相。

练功的人，如京剧之盖叫天，书法之怀素，战将之曾国藩都爱观香静坐。香之烟雾，似聚又散，如升却降。如果其中有道的话，道就是散了，都散了，归于虚空。

观香实为观沉香木早年的痛。这世上，谁的伤疤被人燃烧？谁的痛苦散发香气？谁的血泪价值不菲？谁的回忆化为青烟？唯有沉香。所有名贵香水都有沉香的成分，它保持着香气的沉稳。沉稳是向下的力量，正如沉静也是一股大力量。

我把燃烧的沉香挪到镜子前，两炷香烟竞相上升，如双胞胎，而我又节省了一支香。我观香很小心，这是一些伤口，伤口又莫名其妙变成了香雾。我一点点嗅这些香气，树木当年的痛苦和血泪变成了这样一种香味，似有若无，些许药性，像一个人憋了十年的痛苦经历突然不想说了。有些经历大痛的人会变的空灵，沉香之香即空灵。人类常常述说自己的痛苦，忍不住。人说出苦痛相当于把伤口又豁深了，永远结不成一个痂。沉香沉默，它用分泌液里的芳香安慰自己。它懂得怎么爱自己。

香燃尽了，我看四壁，竟发现有几朵烟雾独立存在，小烟团在很高的地方慢慢舒展翻身。香都灭了，烟还能这样吗？我不明白的事情越来越多了。我盯着余下的小烟团看，它们在打太极拳，云手、倒卷肱、野马分鬃……我心里想：它们怎么会没散呢？烟的动作暗含一种节奏，好像应该有乐声伴奏。怪不得李坚说她弹古琴时才焚沉香。沉香是她送我的，我问贵不贵？她说有一点点贵。她说“一点点”就很贵了。但沉香的价格和价值永远对不上。就像我们永远不知道别人的痛有多痛，动物的痛是怎样的痛，凡是他人用心感知的，我们的心均不能及。所及者只有沉香沉潜的一点点香。

灌　木

你看那灌木，在雪里捧着大大小小的雪团。

我第一次看到灌木胳膊会有这么长，比北加里曼丹猿猴的胳膊还长，怨不得它把金黄的迎春花开得那么簇密。春天，桑园里面的这棵迎春花树成了金花的铁丝网，或者说用带瓣的黄丝带一圈圈捆扎起来的包裹。要寄到什么地方去呢？不寄到哪里，那就先放在这里吧。

雪后的植物，无论杨树、柳树，谁都没有像灌木这样兴高采烈。它们如同演杂技的，让雪从左臂顺肩膀爬到右臂。你是担雪者吗？灌木夫人。我问它们。而它们指着自己身上的雪说：你看、你看……

是要看一看。这些小心堆在灌木肩上、颈上的雪，好像会掉下来。孩子们每做一个惊险的动作之后——比如上凳子——都要大喜而叫：你看……灌木也如此。

灌木在雪后的可喜，不止于枝杈间白雪堆积，还在于雪斑驳错落地映出枝条的黧黑，坚韧、修长。如果敝二外甥阿斯汗看到此景，一定大呼：“哎呀！那些树长棉花啦！”那些细枝上较小的雪团，已在阳光下融化，变成孱弱的小冰凌，立着一条腿瑟瑟。而大朵的雪则毛绒绒的，缩着脖子睡觉，早上睁眼看一看，然后再睡。

我在北方长大，却刚刚发现雪后的灌木有这么好看。假如生命是由目睹许多奇观组成的话，那么我不知错过了多少这样的机会，属于无知者。如果自然之美对人来说只是一种感动的话，那么成群结队去黄山等地旅游已显出有一些虚妄了。生命（不只是我们的生命）每时每刻都在悄悄地展示美丽，哪里都有美。而上帝呢，多么有耐心，把曾经熟视无睹的雪中灌木之美再次推入我的眼帘。上帝对任何人都没有失去信心。

而灌木之美只是小小的、微不足道的美景。那么，我把看到它的这一刻称之为今天的良辰。

光晕在树

操场边上的银杏树，树叶金黄，为街道罩上一条光晕，扩散高贵的静穆。其中的伤感是告诉人秋天到了，不然跑步的人分不清春秋之至。

银杏的叶子如铃铛，不仅摇摆，还在旋转。风穿过银杏的家族，引起喧哗。叶子招手让风转回，这里是贵族的博物馆，每一根枝条挂着黄金的书签，像满族皇帝在承德的离宫。

小鸟不喜欢银杏的缤纷，戚然于叶之摇落。我看到一只鸟儿，是红点颏吧，在枝上顾盼。树叶已遮不住它的身影。小鸟从枝上看，树叶铺地，生出忧思。它不知树叶为什么会落，老太太弯腰捡拾。树叶还会回来吗？小鸟想。

辽大的银杏树，从黄到尽，约有一个月的时间。跑步时，看不到树叶减少，但地上金黄增多。树有树的算计，每天投下多少叶子，跟秋天打赌，猜一件神秘的事件。

鸟儿在秋季的鸣叫比平时响亮。上午，操场无人的时候，站在观礼台上也能听到它的叫声。唧，它以为银杏受到了掠劫，这么多美丽的叶子坠落，竟没人管；唧，女学生嘻嘻哈哈结伴行走，左手握着带吸管的酸奶，右手有小卖店微波炉刚烤好的汉堡。

晚上——有一次我晚上 9 点钟去跑步——银杏叶有如银箔，像喷了雾。风止，叶子在珐琅色的夜空里静默。每当银杏叶黄了一次，我都会问自己，跑几年了？居然记不住跑了几年。问和我一起跑的朋友，他算了一会儿，嘴唇微动，说“忘了”。

我和辽大的老太太分享银杏的落叶资源。她们拣得没我快捷，况且，如无保安经过，我还能上树采摘。晾干，寄给我妈熬水喝。当叶子铺在我妻子单位的露台上晾晒时，看到的人都惊讶：“哎呀，这是啥呀？真好看！”银杏就这么好看。

我已经一星期没去辽大，修路阻隔。我知道银杏在金黄、在摇落，鸟儿呼吁，学生们早已开学。从熹光微露开始，操场移动着跑步者的身影。

琥珀对松树的记忆

人在黑松林里走，像蚂蚁在青草里面走。所有的松树都比人高出许多，树冠可以望到比你看的更远的地方。紫色的苜蓿花从山顶的岩石倾泻下来，只给老鹰留下一点站脚的地方。

用手摸这些松树，鱼鳞般翘起的干树皮扎你的手。掀开松树皮往里面看，里面是雨水浇不到的红色质地。我看有没有蚂蚁爬进去，最好有两只蚂蚁摔跤被我看到。在松林里一路走下去，就这么用手掌抚过松树，一会儿，手心沾满松香，透明的黏液从树身的什么地方淌下来，琥珀色。动物分泌麝香，树只分泌松香。松香仿佛是松树留下的记忆，关于潮湿的夜、鸟啼和清新的空气的记忆。把记忆留在体外的只有松树。

松香的液体里有小虫子的尸体。这是松林里最小最软弱的虫子，连翅膀算上比小米还小，凝固在透明的松香里。我几乎想到了几亿年后有一片琥珀装帧着小虫子的化石挂在墙上，于是我想象有大蝴蝶昏迷在松香上。松树分泌更多的，重约一两的松香，包裹着大蝴蝶。松香完好保留了它翅膀上的眼睛和六足的绒毛，那就是一个很好的工艺品了。不过看到的人是一亿年后的人类。那时候人类有没有眼睛还都两说着。

松林中最喧闹的是鸟雀，不过那是在早上。阳光才出来，鸟雀已经分成两派，好像争论太阳出还是不出。阳光普照之后，鸟噪止息，可能是认为太阳不出那一派的鸟儿飞走了。松林寂静了，静的让人想数一数落叶松掉了多少根松针。我确实想数落叶松脚下褐色的松叶。有人说我患有强迫症，这就是一个最强有力的证据。松针像一盒火柴撒在了树下，但不整齐。如果不下雨，落地的松针经过阳光曝晒，竟是金色的。远远看，那种金色激发人的惊喜之心——包括儿童在内的人类，见到金子都会扑过去——它明晃晃地耀眼，洒在树下，那时候，松树十分尊贵。

松树的尊贵不是没缘由的，它知道自己是怎么回事。岁寒而后凋只是它品格的一方面。笔直的松树有别于弯曲的杨柳，亦有别于笔直的杉树。它的直里包含着坚劲。直者易折，但松树不在此列。它直而韧，直而有香。我喜欢闻到松树散发的松香味，虽然这常常会让我联想起小提琴的弓子，但我提醒自己世上先有松香后有提琴，二者不可混淆。我觉得松香是松树想说的话，凑巧被我听到。

星星在松树头顶飞翔，似越飞越高的白色蝴蝶，夜空的蓝色如同透射在深海之下的天光。松树的土里混合了几万年的气息，腐熟的枝叶烫手，如同森林家族刚刚端上来的饭菜。没有鸟儿在松林里迷路，也没有鸟儿在松树上撞昏过去。松林的落叶记录了昆虫的脚步声和田鼠的脚步声，这一切都留在松香或琥珀的记忆里。

琥珀好像是一块透明的黄金，或者说是一块走错了方向的黄金——本该是矿物质，它却错走在植物的道路上，变成化石。琥珀像猫的眼睛。我的意思是说，人在胸前或手上戴一块琥珀，会变得警觉或机灵。琥珀好像跟蜜蜂有神秘的关系，其实没关系。琥珀像干邑白兰地酒浆，酒总能给一切好东西找到归宿。

自从我在一块琥珀里见到虫子的化石后，希望每一只虫子都留在琥珀里，变成化石，这样就能很好地保留它们精致的翅膀、手足和小而凸出的眼睛。美国诗人查尔斯·赖特在《南方河流日记》里说——“那些虫子多叫人羡慕啊。它们熟悉通往 / 天堂的路，熟悉用光亮捕捉我们的 / 闪烁的丛林之路 / 熟悉虚空之路。/ 一个八月又开始了，模仿去年的八月 / 那么多赤裸裸的岁月 / 躺在如水的天空下 / 夏之声到处可闻。”

松树是群居的植物。它们站在泥泞的砂土里，雨滴如同松针耳垂的露水。大雨打在松树每一片鳞皮上，好像往树身砸铁钉子，把它们的蓑衣变成铠甲。在阳光普照的时候，松树依旧缄默，它说的话被鸟儿说尽了，鸟儿飞远。当松树最终消失之后，是谁手里拿着一片琥珀？里面有小虫和失去了香味的松香，里面有松树转瞬即逝的身影。

松木在夜晚说话

那些松树被锯成方木楞，整整齐齐垛在那里已经好多年。

第一次看到这些木头，我以为那是一个看台，像体育场的那样。我三四岁，要跪着才能爬上这垛木头。松木新鲜，如玉米面饼子的颜色。过几年，我抬步走上去。再后来跑上去，那时我已十三四岁，而木头像破船一样黑，堆在水文站院里。木头的年轮裂开口子，小虫在里面蚕食，然后运出一些碎屑。碎屑仍然是金黄色，说明木头的肉永远是新鲜的。人死了之后，肉很快就黑烂，变不成金黄的碎屑。

小时候，我几乎每天要去松木上坐一坐，坐的时候像一个课堂里的学生，但眼前没有黑板，只有天空的云彩和墙外的大柳树。柳树的胸径快有一米粗了，它至少活了两三个朝代。你感觉没有风的时候，大柳树告诉你仍有微风，树叶在张望与摆动，像无数条蛇在树梢窜行。风大了，树开始打太极拳，它的劲儿是圆的，一股浑然的力量从根到梢运行，树枝忽前忽后，且退且进，似太极拳的云手或倒卷肱。我坐在木头垛上看柳树打太极拳，一坐一小时，心意全在树上。小时候，我学过一点弹腿和华拳，读过太极拳的书。大柳树的太极打得最好，前后左右都照顾得好，劲儿始终藏着，不冒头。大柳树架子稳，腿劲儿足，它练了好几百年站桩。我那时想，这么大的树不知兜了多少风，兜住了几百、上千斤的力量。它要摆动，把这些力量分解掉，以柔化刚。树冠把遇到的风的力量传到根上，像太极推手把对方的劲儿接过来，传到腰、腿和脚上，化解于地，不如此就趴下了。

我这是瞎想，并不知合不合拳法，坐一堆松木上只适合瞎想。松香从屁股传入大脑和中枢神经，人产生木质的、愚笨的想法。我看见三只浅绿色的柳莺飞进树冠里，过一会儿，只飞出两只来。我估计那只被它俩合伙捏死了。我去树下找柳莺的尸体但没找到，可能在树枝上搭着呢。回到松木上，又见四只柳莺飞进树里，飞出两只。这回我不去树下找小鸟的尸体了，我没那么容易上当，而且翻墙费裤子。

雨后，我最喜欢闻松木垛散出的清香气味。每次雨后，松木垛都散出清香，它不知藏了多少香味，也不知它藏这些气味有什么用场。松木的香味像在说话，它们想说什么话呢？它们一定在想念自己的兴安岭故乡，那里有红豆般的蔓越橘，还有蓝莓。松树熟悉狐狸的脚步，断断续续踩在落叶上。松鼠把松树当成操场，练习跑步；松树觉得松鼠是给自己抓痒。松树做过许多梦，比如变成房屋檩子给燕子做巢，比如长入白云里洗个云雾澡，比如松香变成了琥珀。但松树没梦见过水文站，它不知道水文站是干什么的，也不知道为什么把松木剖成方形垛在一起，是为了取暖吗？这些松树彼此间有的认识，有的不认识。松木们盼望小偷来偷走它们，这样可以去其他地方转转。

坐在松木上读书，觉得天很快就黑了。字的笔画融化在暮色里。这时候看天，燕子的剪影像鬼魂一样飘来飘去。而天烧光了所有的云彩之后黯淡下来，像一堆无火的炭。天际澄明，白色的大星如徽章别在山顶。松木上爬过蚂蚁，它们不怕松木上的刺扎脚。夜里，松木是野猫的阵地。我曾经在月光下看见七八只猫站成一排，如祈祷。我撵走了猫，在松木上坐了一会儿，听到许多异样的响声。可怕的声音不是啪啪、啾啾，而是类似人的说话声。夜深沉，听到铁船那边传来人的镇定的低语，很吓人。不知什么人在说话，也许松树在这里待久了，跟水文站的人学会了说话。

松　塔

松树像父亲，它不光有朴厚，还有慈父情怀。松树的孩子住的比谁都好，小松籽住在褐色精装修的房子里，一人一个房间，人们管它叫松塔。

松塔与金字塔的结构相仿，但早于金字塔。人说金字塔的设计和建造是受到了神的启发，而松树早就得到过神的启发。神让它成为松树并为子孙建造出无数房子——松塔。

在城里的大街上见到松树，觉得它不过是松树。它身上的一切都没有超出树的禀赋。如果到山区——比如危崖百尺的太行山区——峭岩上的树竟全都是松树，才知松树不光“岁寒然后知松柏之后凋也”，凋不凋先不说，只觉得它们每一株都是一位圣贤，气节坚劲，遍览古今。

或许一粒松籽被风吹进了悬崖边上的石缝里，而石缝里凑巧积了一点点土，这一点土和石头的缝隙就成了松树成活五百年的故乡。事实上，被风吹进石缝里的不光有松籽，各个种类的树籽和草籽都可能被风吹进来，但活下来的只有松树和青草，而活得卓有风姿的只剩下松树。

松树用根把石缝一点点撑大，让脚下站稳。它悬身高崖，每天都遇到劲风却不会被吹垮。我想过，如果是我，每天手把着悬崖石缝垂悬，第一是会被吓死，第二是胳膊酸了松手摔死，第三是没吃的东西饿死，第四是被风吹成木乃伊。而松树照样有虬枝，有凛凛的松针，还构造出一个个精致的松塔。

松塔成熟之后降落谷底——以太行山为例——降落几百上千米，但松籽总有办法长在高崖，否则，那崖上的松树是谁栽的呢？这里面有神明的安排。神明可能是一只鸟、一阵风，让松籽重返高山之巅成为松树，迎日月升降。

每一座松塔里都住着几十个姐妹兄弟。原来它们隔着松塔壳的薄薄的墙壁，彼此听得见对方梦话和打鼾。后来它们天各一方，这座山的松树见到另一座山的兄弟时，中间隔着深谷和白雾。

像童话里说的，松籽也有美好的童年。第一是房子好，它们住楼房，这种越层的楼房结构只有西红柿的房间堪与媲美。第二是气味好，松树家族崇尚香气，它们认为，大凡万物，味道好，品质才会好。于是，它们不断散出清香，像每天洗了许多遍洒精油的热水澡。松籽的童年第三好的地方是从小见过大世面。世间最大的世面不是出席宴会，而是观日出。自曦光初露始，太阳红光喷薄，然后冉冉东升。未见其动，光芒已遍照宇宙，山崖草木，无不金光罩面，庄严之极。见这个世面是松树每天的功课，阳气充满，而后劲节正直，不惧雨打风吹。松树于草木间极为质朴，阳气盛大才质朴，正像阴气布体才缠绵。阳气如颜真卿之楷书，丰润却内敛，宽肥却拙扑。松树若操习书法，必也颜体矣。

松塔里垒落着许多房子，父母本意不让兄弟分家，走到哪里，手足都住同一座金字塔形的别墅。但天下哪有不分家的事情？落土之后，兄弟们各自奔走天涯。它们依稀记得童年的房子是一座塔，从外观看如一片片鱼鳞，有点像菠萝，更像金字塔，那是它们的家。小时候，松籽记得松树上的常客是松鼠，它仿佛在大尾巴上长出两只黑溜溜的眼睛和两只灵巧的手。松鼠经常捧着松塔跑来跑去。

月光下，松塔“啪”地落地，身上沾满露水。整个树林都听到松塔下地的声音，它们在房子里炸开了，成为松籽。从此，松籽开始天涯之旅，它们不知自己去哪里，是涧底还是高山，这取决于命运的安排。它们更盼望登上山巅，体味最冷、最热的气温，在大风和贫瘠的土壤里活上五百年，结出一辈一辈的松塔，让它们遍布群山之巅。

松 针

如果向松树问路，松针会用手指给你指几千个方向。它不认可只有一条路，它觉得上下左右都是路，蜜蜂和小鸟正这样四处飞翔。

《楞严经》上说：世为时间纵流，界为东西南北，另有东南西南东北西北与上下。不光四面，还有八方。《淮南子》上说的宇与宙，也指时间、空间。松针说，在东和东南之间，还有扇面一般无尽的向度。松针的道路遍布虚空，打碎了空间观念。

在松树上，松针是它的花，一朵朵绿色的刺猬花开在松树枝头。松树贞直，你想象不出它的叶子会是片状，那太像瓜的叶子，杏树与桃树的叶子。松树的叶子绝不单薄，必定刚劲，这样的叶子如果不是拳头也是针，与浑圆的枝干匹配。

松树的针无碍于其他动植物的生长，它只是威风凛凛，只是不流凡俗。一棵浑身是针的树，绝不会弯腰乞讨，也不会像藤一样攀援高枝，它自己就是高枝。一棵树，究竟要练多少年才练出千万根针？它把那些柔软的叶子卷起来，变成针。这些卷起来的绿叶写满了松树的日记，记载它怎样把根扎在岩石里，怎样从石头缝里找到水。它记载了松香的秘密配方，比香奈尔的香水还香哪。但它这些秘密都卷了起来，掰都掰不开，变成了一根根绿的针。如果到过寒冷的北国，就知道一棵严冬不落叶子的树要何其坚韧，除非它的叶子是针。

大雪降下来，日日夜夜。雪幕如羊毛的门帘子被风吹起，放进来无数只羊。松针瞄准雪花但扎不到雪花，它宛如在风雪里爆炸的绿色烟火。雪一层层裹住松针，雪在枝头囤积。雪从松针边上塌下来。松树比别的树更了解寒冷，当所有树把叶子丢弃在地上时，松树却不让松针漂泊天涯，树在，针就在。它们在枝头生死相依。松针不枯黄，不委顿，它们如悬崖边上的斗士，不知何为退路。松针在广大的冬天看到了北国的树叶看不到的景物。在雪地里，黑黢黢的树干如火烧过，它们的叶子早已化为泥土。雪地里的窟窿是兔子的脚印，鸟如一颗子弹飞向毫无遮拦的树枝。风呼哨而来，千万根光秃秃的树枝在风中飞舞，鞭打雪花。河流结为黑冰，下沉于萧瑟的河床。偶尔有哪一棵树顶端的叶子没有落，一如遇难的人扯着手巾抖动，它将一直抖动。大雪藏匿了山峦，下不来山的灌木在山坡上猜想被雪没收的路。

松针在严冬里翠绿，保存着千鸟飞绝，万径寂灭之后的绿。松树用松针收藏了一年四季，冬天穿不透松针的身体，松树在冬天过着夏天的日子。为大自然保留着唯一的绿。

松针如钟表的针，它把时间指向过去、现在、未来的任何一个时刻，指向去年、前年乃至童年的某一个时刻。如果你向松树打听时间，松针会告诉你一千个时刻，包括分、秒、时。表针在枝头伸张，但人早已忘记那是什么时刻。时间不是一条横贯而过的直线，它通向四面八方，与空间相连。人在松树前观望，看到时间纷纷如簇。看见松树放射比猫胡子坚硬的光芒。春天里，松针的白雪化为融冰，用晶莹衬托着松针，冰的水把每一根松针洗干净，仿佛它们是刚刚长出来的新松针。

夜的枝叶

也可说：夜的汁液。

夜，是草木饮水的时分。我坐在桑园水磨石的花池边沿，看到树叶和草饮水时的颤动。没有风，叶子颤摇是水有一些凉。枝头的叶子还没有等到水。错综如迷宫的枝杈分走了水。水呢？水……顶尖的叶子不耐烦了。

土地被吸走许多水，颜色浅了一些。也可能月亮刚从云中钻出来，像在地上铺了一层纸。月在云里的时间太长，就算吃一顿饭也不应该这么长时间，除非喝酒。月亮也喝酒吗？也许。月光如万千小虫在地面爬动，毛绒绒的。月光爬不进榆树外皮的沟壑。蚂蚁觉得好笑，这么宽的裂缝还爬不进去吗？两个蚂蚁在里边并排奔跑，且碰不到相互的脚。月光被大马路惯坏了。

夜的汁液把桑园兜在一个网里，透明发达。在网里，地里的水往树上跑，月光顺草根往地里钻，花粉跌落在草叶上，拾也拾不起来。贪财的蚂蚁还在往洞里运东西，不管有用没用。汁液最多的地方，树杈“哔”地折断，鸟飞，绕了半天才找到原来那株树。

草不停地吮水。实际用不着吮这么多，它不听。秋天来到桑园的时候，草的肩膀上挂着大滴的水——它不知道把水藏到哪儿，又舍不得扔掉。因此，水珠在草的手，在它们胳肢窝下面闪闪发亮。早晨，蝴蝶被这些水弄湿了高腰袜子，说这些草真是无知极了。

我曾想搬一架梯子，看桑园最高处的枝叶在夜里做什么。顶端的树叶肥大舒展，颜色比别处的淡。我在楼顶看到槐树冠的一团白花落满瓢虫。先以为是蜜蜂，但闪亮，还有瓢虫飞过来。我爱看瓢虫飞翔，跟鸟儿、蜜蜂不是一回事。它们像拽着细丝游荡的蜘蛛，一掠而过，不知所终，不优雅也不镇定。瓢虫的两扇硬壳里藏着几片薄翼，这么简陋也能飞吗？以后黄豆和红小豆画上黑点也能飞了。

枝叶不动。我估计槐树、桑树和碧桃树顶端的叶子在开会——峰会，商量污染、水资源、鸟儿粪便的问题。碧桃树提议赶走桃木食心虫。隔一会儿，树的顶端飒飒摇曳，举手通过一项议案，譬如不许练功的人往树上钉铁钉挂衣服。

树的生活从夜里开始。它们在静谧中饮水、沉思和休息。车辆消失了，树们松了一口气。可惜缺太阳，没有就没有吧，省得车辆商贩往来。在月光下，除了不能读书，其他没什么不好，多数的树这样认为。

火山杨

冰川、汪洋曾经覆盖地球。那些劫难无人知晓——人所能知晓的事情太有限了。山顶岩石里的贝壳化石细微地述说海洋的步履，沙漠里孤兀矗立的石块留下冰川的脚步。地球在汪洋或冰川的时代，并不是毁灭，只是它轮回的一瞬，海水与冰川撤去，地球又耐心地从头开始，培育低级生物，使之高级，繁衍万物。我们在路旁看到小小的蕨类植物，相当于看到地球鸿蒙初开的景象。从羽毛式的蕨类植物身上，我们可以想象经历亿万斯年，地球重新长满了大树与鲜花，昆虫和鱼类都找到各自的归宿。

在地球的劫难中，遭劫的并非地球，而是地球上的生物，包括动物和植物。然而动植物重新长出来——当阳光、土壤和水分具备之后，它们开始恢复生命。用“恢复”描述生命也许不对，动植物的种群并不以个体衡量，只有人以“人这一辈子”描述单一的、不可重复的生命。遍地的青草，是青草集体的生命，它们共享一条命。

人所能目睹到的地球劫难，大约只有火山爆发遗址——地震只是人与人居的劫难——火山喷发之后，地表一片焦土，像我在五大连池所见到的景象。

实话说，我并没想看火山遗址，就像不想看车祸现场一样。来到，所见到的是如前所说的“一片焦土”。200多年前这场火山爆发，把埋在山里的黑色玄武岩化为流水，喷射天空，尔后落地，形态如烧过的树一样，成了一段一段的焦炭。就化学性质判定，这些不成样子的焦炭，仍然是玄武岩。

站在火山口边上往下看，我不知我要看什么。这是巨大的漏斗形的深渊，黑色。那股冲天而起的熔岩的火柱早已消失了。我感到，时间在这里也消失了。人们说，时间不具备及物性，说时间是物质之外的客观存在（听上去很别扭）。但我觉得时间的及物性很强。时间挤在花的蕊里，挤在梳留海的儿童的额头上。时间站在雨后的笋尖上，时间拽着引体向上者的胳膊打滴溜。时间蹲在电视机里，趴在屋檐的雨滴身上。时间忘记了黄花梨木的生长，但没忘记让它坚固。它忘记了老年人的存在却没忘记让他们死亡。时间一定有喜欢去的地方和不喜欢去的地方。有的地方，时间从来没来过，比如沙漠和五大连池的火山口。

时间不愿意停留的火山口，人像一群奇怪的动物在坑边逡巡。他们围着一圈儿向坑里看，不知看什么。石头从坑底排列到坑沿，块块充满死寂。在河边，我们看到的鹅卵石像看一条条干鱼，仿佛先前它们在水里活过。看山里的石头，更感觉它们是活的，是山的肉或者叫筋腱。而火山口的每块石头都是石头的尸体，大大小小都如此。我说我感到不安就是这原因。密密麻麻的石块被1729年的火柱烧死了，匍匐在地，没有声音，没有流水，没有青草。我们看到了地球当年的劫难和它永不愈合的伤口。

然而大自然永不绝望，脆弱的是人而非大自然。离开火山口，在参观其他地方的时候，我们看到了勃勃生机。当年火山把玄武岩化为焰火狂欢之后，这些焰火洒在方圆几十公里的土地上，似焦炭。我说过，在火山口没见到青草。但在焦岩之上，在好像犁过的石头的黑波浪上，我看到了萋萋青草，在这里邂逅了生命。青草长在黑波浪的转折地，那里面有土和水分。我们驱车向前走，穿过了一大片树林。导游停下车，说这是一片火山杨。

火山杨？它们的脚底下就是石头的黑波浪，上面覆盖着薄薄一层土。这些树貌不惊人，纤弱不直。导游说：这里一根拇指粗的火山杨已经生长了几十年。一棵一米多高的火山杨，有几十米的根扎在地下（岩石里）盘绕。

一米高的、拇指粗的树在地下有几十米的根，这让我惊呆。我想下车摸摸这些树。在火山景区，行人都不可以离开栈道，摸不到树。

它们成精了。树之成精，如人之成圣，是从轮回中转脱涅槃的达彼岸者。它的几十米的根是为了找到水，它自己就是一口井。当一棵树要这么难吗？命运让它在火山熔岩里当一棵树就要经历这些磨难。这些“小”树实际上都是老树。它们跟胸径五六十厘米的树有一样的树龄。如果把人放到一个艰苦地方，他也许会跑掉，但树跑不掉。它不仅要留在这里，还要站立，要活着。我想象这些“小”树在慢慢生长，夏日缺水，冬日是几个月的白雪严寒。对树来说，这没有什么好与不好。火山杨的幸运在于它不知道长在海南与江南的树是怎么活的。活的太容易等于活的太仓促，太快长粗长大，长完了一生。马丁·海德格尔在《存在与时间》里说的：“倘若存在就是生命，那就没什么问题，就没什么答案需要回答。”

是的，对火山杨不需要说什么艰难、致敬一类的话，它的存在就是它的生命。它的生命以及所有成败都在它的存在之中，在它的纤弱的躯干和与其他杨树看不出区别的叶子里。对火山杨而言，对静默的山峰、河流和小小石子而言，它们的存在集合了无法知晓的残酷与欢欣，而它们却像什么也没发生过。

就这样，这些葱绿的火山杨长在这里。我为树林没有小鸟替它们有一点遗憾，但这不是问题所在。人说这里还有圆耳朵的小火山兔和细细的火山蛇。我觉得它们活的很壮烈，它们自己觉得活的很甘美。人永远了解不到大自然的内心。

山杨树

冬天的风像鼓风机一样强劲，把凹地的积雪吹到空中，山坡好像腾起一条雪龙，绕山盘旋。山坡上的山杨树消失无踪。

在草原的丘陵上，树像星星一样散落四方，它们只是树，而非树林。如台湾诗人管管的诗所说的："每当吾看见那种远远的天边的空原上，在风中、在日落里，站着几株瘦瘦的小树。吾就恨不能马上跑到那几株小树站的地方，望。"树在草原上不仅孤独，而且矮小，如蒙古马一样矮小。几十年前我去克什克腾旗、翁牛特旗和阿鲁科尔沁旗，在路边见过一些小树，如同刚刚栽上的童年的树。今年路过这些地方，看到它们还是那样小，那样孤独。我以为原来的树早已成材，成为各家房子上的栋梁。当地人告诉我，这还是那些树。他说，我小的时候，树就这么高。我惊讶地看这人的面孔，他黝黑的脸上遍布皱纹，胡茬都白了。再看那些树，不粗（也可能粗了一些），不高（树围大了点）。如果走近看，树可能也有白胡茬生出来。我没法确定几十年前看到的树是哪一棵树，但这里确实没有大树。

丰子恺的母亲认为外国人只是一个人。她每年去一趟上海，回来说：去年外滩那个印度巡捕今年还站在那里。老太太每年都这样说。而我觉得这些树真就是几十年前的树。这些树掌握一门绝技：活着，但不生长。不生长是生命学里最大的奇迹，活着仅仅是活着，不生长因而也不衰老。所谓进步，说的是不是今年与去年有很多不同？如果真的有所不同，证明的仅仅是生命的耗散，这算不上进步。

人唯恐自己不懂得某些知识、某些说法、某些时尚或某些流行语，便使用微信或网络语言证明自己不落后或没死。好在树不需要这些东西，而草原上的树甚至连生长都放弃了。放弃生长也没什么不好，乌龟不是这样吗？英国的几个所谓科学家在北海海底捉到一只蚌，杀死它，测量它的寿命距今 450 ~ 500 年，为它取名为“明”，意思它与中国的明朝同一时期。明朝是中国汉人建立的最后一个王朝，国祚 276 年。这帮英国坏人为什么杀死这只蚌呢？不杀不足了解它的寿命。蚌用四五百年活着，仍然是一只蚌，没长成帝国大厦，它不太大，貌不惊人，在遇到英国人之前一直活着，不借助任何知识、关系、财富、地位、主义和学说，从始到终，它都是一只蚌。像草原山坡上的小树。

人并不是这样，人愿意具有很多很多样子。人如果原来是蚌，它还会企图变成鱼、虾、鲨鱼、岛屿、轮船和潜水艇。人把自己这种谵妄称为理想，把他们的僭越当作努力。

风止息，白蒙蒙的天气里出现小树，它们还在原来的地方，还站着，伸出枝叶，拥抱准备落地的飞雪。草原无遮蔽，刮起八九级大风，拳头大的石头会离开原来的地方，但风刮不倒任何一棵小树。这样，你就知道草原上为什么没有大树，小树为什么“不生长”。生长不难，长的引人注目也不难。天之道与人之道常常相反，刚好不愿意引人注目。在自然界，生存比生长更难。飞沙走石的大风刮过山坡，你去看那些小树，它们长开臂膀，像儿童在大风中哭泣着寻找父母，不，它没这么脆弱。它们像练习站桩的拳师，马步扎的很低，气沉丹田，形神合一。这些小树最了不起的是在地下扎下几十米甚至上百米长的根须，让人惊讶。

在人类里面找不到一个从小到大不虚荣的人。人对身高、肤色、种族、相貌制定了苛刻的准则，这样的结果导致歧视与自卑，这些毫无道理的观念，佛教称之为染织，它是被污染的观念，虽无自性，却被人牢牢抓在手里，烙刻在人的心里度过一生。个子矮、相貌丑、身材胖会怎么样？受他人歧视，自感自卑是多数人的体验，人真是可悲，竟被这些外在的观念左右着，愈想摆脱愈被它套牢，妄度时光。大自然比人类高明的多，大与小、高与矮、黑与白绝不会是各个物种歧视或自卑的理由。蚂蚁的可敬在于它不在意它的小，黑豹不惭愧它的黑，白鹤不得意它的白。把黑白、大小这些观念抽象出来变成尺度是人类的进步吗？这是落后，比动植物更落后。

佛教从另外的角度观察人的虚妄。其意曰：持有什么观念并无不可，但把事情加以区别就错了，譬如区分黑白。退一步说，持有黑白之念亦无不可，抓住这个观念就错了（抓住什么观念都是错的，观念无所谓对错，抓住不放即错）。此错被称为执着，我执或法执。

执着何谬？它相当于船被水冲出好远，却在船帮上刻一道记号求落水之剑。执着违背于周遭每时每刻的变化，所有的执着都意味着你抓在手里的是一个旧观念，误把去年的枯枝当作新蕾观赏。你看到的新蕾是由你的心捏造的，与事实无关。而所谓“事实”也只是转瞬即逝的“过去”而已。

席慕蓉珍怜这些草原的小树。她画旷野上一棵矮矮的小树，光线赋予它长长的影子。好像它原本可以长的很高，好像它心里的高度长在了长长的影子里。这道坚实的影子穿过了整个山坡，好像说山坡都是它的领地。

山坡确实是这棵小树的领地，这里没有其他树，它是唯一的树王，统领着无边的、碧绿的青草。青草在春天开放小花，仰望这棵树。青草和花透着树的枝叶看到太阳的光圈以及夜晚的月晕。花草觉得小树已经够高大，没必要再高大。

矮小的山杨树在它的身体里贮备了足够与狂风搏斗的力量、抵御冰雪的力量。这些力量藏在树的什么地方谁也不知道。需要的时候，拿出来用就可以了，小树不需要为显得有力量而长的太粗壮、太高大。在山坡上，在太阳下面，它的身高刚刚好，十分完美。

柳树的母性

常言道：“柳树低着头长高。”

这话像拉开一个帘子，或者说射进一束光，让人看清了一些东西。柳是一辈子低着头生长的树，连柳条也垂向地面，而不是伸向天空。柳树一辈子低头在看什么？原来是看自己的儿女。

柳树的儿女多到数不过来，树要牵挂每一根，只好低头看。丰子恺也是低头俯察的人，他留心孩子，他的画作和散文里多见他小孩的趣事。丰子恺笔下的阿宝、瞻瞻，留给人间多少美好。丰子恺的画多多少少掩盖了他的文名。现代作家中，他写孩子写得最好。他的幽默居于鲁迅之后，排在其他作家的前面，比林语堂、梁实秋深味。

有人说拍电影是遗憾的艺术，最遗憾的莫过于成人不曾观察孩子的成长，他们的成长比电影更艺术。为人父母，如果从孩子降生就开始观察他，看他爬、走、学语、打闹、上学堂，会看到一片连绵深广的美，比看什么风景都感人。美学的审美范畴，不外真诚、纯洁、天真、幽默、单纯和热忱等，这些美在孩子身上毕露无遗，比任何书和电影都丰富。

一个低着头看自己孩子成长的人，他的脸一定生动、友善，人有幽默感。因为他有一个孩子做老师，教他生动、友善与幽默。成年人的心灵越来越板结、僵化和虚伪，唯一的良药是向孩子学习。泰戈尔说：上帝等待人们在智慧中回到童年。

没错，泰戈尔发现了童年的美好——包括生动、友善、幽默。回到童年的路径是智慧，智慧是什么？是爱。孩子的心灵里装的爱太多了，多到四溢。孩子们睁开眼睛就考虑小鸟、小花和白云。花、鸟和白云冷不冷，需不需要帮助？孩子们大把挥洒着爱，爱并没减少，而他们因此可爱。花、草、小动物和美的东西受到损坏，孩子随时洒下大颗的眼泪。除了上帝，哪有像孩子这么博爱的人？孩子们智慧充足，成人见到孩子不自觉惭愧，不为自己的虚伪脸红，也是一件极大的怪事。

西方宗教说人应该谦卑，中国的道家告诉人从谦卑中得到好处，而人其实最难谦卑。处低下者自然恭顺，一旦得势就要昂然，正是“王莽谦恭未篡时”。人自己也分不清趾高气扬与扬眉吐气是不是一回事，这两种情态实在不是两回事。如果没有博大的悲悯情怀，没有百炼钢化绕指柔的修养，身居高位而又谦卑者，古今都少见。老子称：道法自然。自然界成熟的谷穗和向日葵，哪一株不低着头。成熟和母性是同义词。植物从收获开始向大地躬身致谢，替它们的孩子向造物主感恩。

柳树趴在河边喝水

我妈说，柳树上辈子是渴死的。每每看到柳树趴在河边饮水，我就想起我妈说的话。柳枝一挂一挂垂下来，伸到河里饮水。我妈不愧是我妈，说的真对。你看细长的柳叶好像是绿嘴唇，树叶长成这样就是为了喝水。

河边多柳树。它们从远处走来，走到河边不想走了，低头喝水。我在高唐县的河边见到一棵大柳树，它的一多半枝条垂向河面。如果不是树根拽着，它早就掉进河里淹死了。但它的柳条离水面还有两三寸。一个干渴的人的嘴离水杯的水还有两寸是什么滋味？这棵柳树快急死了。我想，柳枝需要多长时间长出两三寸呢？半个月，也许一个星期。这怎么能行呢？我上前摸了摸柳树斑驳的树干，说："柳树啊柳树，你幸亏遇到我啦。我妈说你上辈子是渴死的，估计你上辈子生在巴丹吉林沙漠。过去的事就不提了，今天我帮你喝水。"我手拽柳枝塞进水里。水面虽然没咕噜咕噜冒泡，但柳枝分明喝到了水。河水顺枝条喝进树干再喝进树根咋也要十分钟，我不能轻率地离开，要帮它把水喝足。它喝水造成我手酸是不可避免的，但我不能老拽着柳条，别人看不出来我这是做好事，倒是像傻子。话说怕啥来啥，这时一个人从河边踱来，当然他是高唐人。他走到我身边站定，背上手，问："你干吗呢？"

我怎么回答他呢？他妈肯定没跟他讲过关于柳树的话，他妈不算是一个称职的妈。贵为人母，你难道不应该告诉孩子关于水和植物的道理吗？你生出孩子就不管了？让他到处乱问话。

“你干吗呢？”

他又问。他四十多岁，腰围约 90 厘米（2 尺 7 寸许）。头发白一半了，穿方格半袖衫。我问他：“你妈多大岁数了？”

他一愣，手不背了，说：“俺娘七十一了。”

“身体咋样？”

他高兴地咧开嘴，说：“俺娘身板好着哩。”

我用另一只手向他摆了摆，这只手继续帮着柳树喝水。

他咧着嘴向我摆摆手，走了。可算走了。

柳叶的七八个嘴唇在河里喝水，我以手摆柳，这些嘴唇像绿色的小鱼飞游。我觉着柳树比刚才绿点儿了，也可能没绿，我不想争论这个问题。

“你干吗呢？”这人又回来了，从我身后左侧包抄过来，还穿那件方格衫。

“你怎么不走呢？”我反问他。

他憨厚地笑笑，“你捋着树头干吗？”

我怎么回答这个坏蛋呢？我说：“钓鱼呢。”

“哈哈哈”他爆发大笑。“拿柳树枝钓鱼？哈哈哈，钓上来没有？哈哈哈……”

他笑着，突然间引发剧烈的咳嗽。看到了没有？瞎问出事了吧？他的气管和支气管不支持他瞎问话。这个人低着头，咳着嗽走了，这回真走了。

这一切柳树都看在了眼里，我私下认为是柳树发功让他咳嗽的，有这种可能。人常说柳树老了成精，没准儿这事就是真的。我对柳树竖起大拇指同时觉得它喝差不多了，我怕再来一个人用山东口音问“你干吗呢？”

我看到树下面有一段尼龙绳，我捡起绳子，找到一块砖头，把它系在柳枝上。喝吧，我对柳树说。上辈子渴死的，这辈子喝个够。

我到了远处，回头看这棵大柳树。虽然已近盛夏，它的枝叶仍然浅绿，好像留着更多的绿色秋天用。秋天的时候，柳树的绿里带一些灰色，好像累了，也许是喝水太多造成的水潴留。人身体的钾钠离子不平衡也会形成水潴留，即浮肿。柳树每根枝条都垂向地面，为了喝水。柳树有点像动物里的羊，温驯平和。羊里面的每只羊都像母羊，它们像母亲一样奔走着，以哀怜的眼神看小羊羔。羊比人更早知道羊的命运。每株柳树都像孕育子孙的母树，枝条万千即其子孙。柳树为了子孙繁茂俯在河边喝水，枝条在风里摆动，像回忆，又像音乐里的回旋曲。对河水来说，柳枝是从天上降落的梯子，从上面走下来一个又一个精灵。而河踏着柳树的阶梯，经过枝条和树干到达根系，像旅行结婚一样。

“干吗呢？”我回头又看见了穿方格衫的人。他背手站着问我，面有笑意。上帝派他第三次来到我跟前。

说什么好呢？我“咳，咳，”咳嗽起来。我记得他是咳嗽走的。这人一愣，手捂胸口但没咳嗽。我接着咳嗽，因为真不知道怎样回答山东口音的“你干吗呢？”他转身走了，真走了，带点小跑，连头都不回了。原来咳嗽也算一种特异功能啊。

进森林像进入一个瓶口

我在斯图加特的舍力图待过一个月，住的地方是一座古代公爵的行宫，现在是国际艺术家村，名字叫“独逸学院”。公爵当年把这处行宫变成了一个学院，召儿童在这里学习音乐、哲学和历史。公爵要求把教育的成分降到最低，非学生提问绝不作答。学院的校训是：“创造一个人独自完成的乐趣”，相当于中文的“独逸”。

我住在皇宫北楼418房间，整个楼昼夜只有我一个人。有一天我到地下室取雨伞，却见到屋里有一位非裔女人。地下室只有四五平方米，她靠墙站着，眼向上看，露出贝壳一般的白眼仁，仿佛在这里已经站了七八年。我先是吓一跳，后来觉得她可能是艺术家塑的蜡像，想摸一下她。她从鼻子里扑出一口气，我几乎要喊“救命”，强忍着没喊出声跑回地面。在西方，人在哪儿站着、站多长时间都属于每个人的自由。

我在418房间向外看，草地的尽头是浑黑的森林。我每天进入森林跑步，坐听鸟啼。这个森林很大，我每天揣着地图和一封德文的求助信走进去再走出来。信上写着“我是谁谁谁，我迷路了，请把我送回独逸学院”。我让翻译又加了一句话：中德友谊万古长青。

森林里的树冠遮住了天空，使这里变成了另外的、我完全没来过的世界。森林里没有现代社会的任何痕迹，没有电线和水泥路，不允许进汽车。就这样，我很便宜地来到古代，跟皇宫很配。巨大的树除了参天之外，有的还在地下躺着。躺树是老死的树，是昆虫和苔藓的游乐园。人在现代社会学到的知识在这里全被作废，我知识不多，也被作废。我欲知的东西全都是空白，比如——它们是什么树？什么科属？不知道。森林里有无数鸟鸣，我连一只鸟的名字都说不上来。树和苔藓的气味清凉，环绕全身。我感到人在树林里显得多余，是唯一穿衣走动的生物。不走动的树们庄严、古老、有身份，而我像一个木偶。森林里有纵横交织的小路，我每每俯察学院提供的森林地图，找到自己的位置之后再往前走。累了，坐在巨木凿的椅子上发呆。静谧中，我跟自己说一句话，话语迅速消失了，回复寂静。草丛爬出肥硕的蜗牛和拇指粗的橙色虫子，橙色虫子结队在路上爬，不知去干什么。

独逸学院的艺术家用热切的眼神和手势邀请我加入他们的圈子，我不懂德语也不会英语，进不去，只好跟虫子泡在一起。那些艺术家制作了一些我认为幼稚的艺术，比如把一块泡沫板粘在走廊天棚，抹一层混凝土，插一枝头朝下的树枝。他们激动不已，鼓掌仰视。作品的寓意是地球上已经失去树木的立足之地。他们邀请我鼓掌，我鼓之，但我更喜欢看离这里很近的森林。他们不怎么进入森林，只在草地上晒太阳、喝啤酒、聊天。

森林的入口像一个瓶子的口，我每天都从这个口钻进去，钻到森林的各个地方。还有一个湖，名字叫“熊湖”，湖边有女警察骑高头大马巡逻，这里是水源地。熊湖边上开着美丽的匪夷所思的高大野花，常见到老年人在湖边沉思。我跑步绕湖一小时，他们仍在沉思，连姿式都没变。我很想在森林里过一夜，租一个睡袋，但不敢。我想我怕的不是人，这里没有杀人的人；我也不怕野兽，这里无走兽。我怕什么呢？我想我拉住睡袋的拉链，特别在睡熟之后，怕有妖怪把我抬走，或坐在我肚子上，让我透不过气。这里保留着原始的风貌，怎么会没有妖怪呢？

北窗南窗

北　窗

立于北窗，终于可以看到楼下平房淡绿色油漆的铁皮屋顶了。在整个冬天，它起脊的顶子上满覆白雪，有一根电话线从雪里斜着伸出来。房顶的雪总是不融化，虽然跟地面相比它相距太阳更近一些。一冬天，铁皮屋顶的边缘积累着雪的裁口，半尺厚。现在，屋顶下垂着冰凌，排列均匀，约半尺一条。远看如有十万兵马竖戟宿营，在阳春的和风里闪光。

若在儿时，我一定手执竹竿，把冰凌一一敲落。冰凌吧嗒落地，摔成三截，亦可一截赠欧，一截遗美了。

我是说我回到了沈阳，首先见到了铁皮屋顶——我北窗的老朋友。以屋顶为友，是因为没有其他之物可以为友。鸟儿已经好几个月没从窗前飞过，后面的楼高入天空，我见不到云。出于索居的原因，我久久待在北窗，对铁皮屋顶、电线杆上的瓷壶、每日移动的日影和窗台上的葱都极熟悉，以目光抚之，如故人。

晚上，窗外由有限的排列变为无尽的虚涵，夜之虚涵。我所看之物无多，只有对面楼上的灯火。灯火有两种，光从方形窗框一拥而出，日光灯与白炽灯，我称之为白灯与黄灯。

于是我以两种灯博弈，棋盘是立起来的楼房，像国际比赛的展示牌一样。白灯——也就是日光灯总是赢家，这一方棋子很多。

我很少在早晨，特别是在黎明时分来到北窗。当我在早晨由北窗外视时，如，在早晨看到中年妇女的真容。一位作家告诫说，千万别在早晨看没化妆的女人，这种皱纹与睡意未消的真实很不堪。男人尊重女人的方式之一，是在女人往脸上扑粉之前把脸转过去。

我从北窗向外直视，沈阳污浊的空气在十点钟之前不会消尽，灰色的楼房像没有洗脸的更夫。在住宅区走动的人无比麻木，倒垃圾或送孩子上学。铁皮屋顶油漆剥落处露出褐色的伤口。它们一同等待着天光普照的八九点钟，只有太阳是它们的血色与胭脂，是灵动的目光和活跃的嘴唇。

为了北窗的景物，我替它们向造化祈祷：

鸟儿飞来吧，雨丝晶亮吧，孩子们大声朗诵乡村的歌谣吧，白云飘来吧，扎围裙、扛板凳的老汉高喊“磨剪子抢菜刀”吧，墙根的草芽探头探脑吧，小伙子和大姑娘在墙垛的阴影里拥抱吧，赶马车卖黄豆的农民把鞭子系上红缨吧，进城的乡下亲戚把狐狸皮帽子戴上把皮大衣前襟像杨子荣一样敞开吧，把竹笛从尘封的布袋里取出给胡琴点上松香吧，半夜吵架的夫妻离婚吧，给孩子们少留作业让他们走走停停读神怪书吧……

我很想把这些心愿写在东山墙的黑板上，成为这里的公约。

南　窗

拥有两个窗子，是我生活中唯一的骄傲。

去年住十一平方米的小屋时，只有一个西窗。当时窗下有一家汽车修配厂，师徒二人抡锤敲打车祸中扭曲的箱板，声音刺耳令人无处躲藏。我告诉自己，这就是生活。师徒二人是出于生计才砸铁板，比我更震耳朵。但我还是忍受不了，有一次竟想用冲锋枪扫射所有在深夜砸铁板的人。后来我吐出一口气，庆幸自己没有冲锋枪。

后来我搬家了，有了两个窗子，前后都没有汽车修配厂。

南窗是我的神秘所在。

我在北窗读书、写作与闲坐，已经形成习惯，只有睡觉时睇视南窗。对我来说，它淹没在黑缎子一样的夜里，窗外是光滑的缎子皱褶。南窗很遥远，像北窗很贴近一样；南窗浪漫深邃，如北窗现实稳重。

最珍贵的是树影。树自地面而长，长到我居的二楼，便是一窗树影了。在冬夜，是一窗黑黝黝的干净利落的树枝。树是碧桃，枝丫横斜，在有星斗的天幕中实在优雅极了。我睡不着的时候，常揣摩树的心事。它很像一位自信的大师，在披风上缀着丁零当啷的星星。星星也常从树隙间窥视我。

南窗外是一条街，街与窗之间是一座小小的花园，即树的领地。去年春天刚搬进来时，满窗白色的桃花，我几乎晕眩了。桃花在深红而光滑的枝上仰着脸，花瓣很单薄也很高洁。偶尔一瞥，花是粉色的，仔细逼视却退回了白色。粉色极浅，我把几朵花放在白纸上看，才瞅出它如少女粉腮一样的微红。

窗外的桃花使我不只一次地搓手，表示幸会幸会。然而它凋得也快，花瓣漫然坠地，树下无流水，它还是坠了。绿叶从花萼间长出，初生的卷叶边缘的锯齿有些紫红。

当然，这都是在白天看到的。我说过，与南窗更多是在夜里相遇。

在夏季，南窗使我有些不安。一次，我发现窗下的树丛中有情侣活动。记得一位外国的性学专家说，人类情欲旺盛的季节是春季，所谓阳气上浮。但窗外的人们在夏季百无顾忌了。情侣在夏夜的树丛中，难免有亲昵举动。我看了一次拥抱场面后，被这种坚如磐石纹丝不动的情形打动。他们比电视剧里的演员真实得多。拥抱，实如掰腕子，是力与美的角逐。面对此景，我既不能像禅师那样心如止水，也不似小流氓似的垂涎欲滴，但有些心猿意马，看了还想看。在看了第二次后，我像戒酒一样涓滴不饮了。如果情侣看到我的眼睛，肯定认为是最卑劣的目光。虽然我在没有灯光的窗前观赏，他们看不到，但我知道自己卑劣，况且这种矛盾的心态对身体不好。我还是佩服树们，它们看到什么都如此仁厚，并无惊诧。

南窗属于大熊星座，我在窗台上放了一盆马蹄莲，文竹被我搬走了，气脉太弱。窗台上还有什么呢？我见过一个明代的牧童骑牛读书的铜雕，可惜没买下来放在南窗。有一只红木制的山羊形印泥盒，置此亦佳。

我面对夜的南窗，对着高傲的斜枝，念约瑟夫·布罗茨基的诗：

“立陶宛的暮夜。人们从群体中散流回家，用手捂成括号，遮住逗点般的浊光。”

这是对夜念的诗。对窗，仍有约瑟夫·布罗茨基的诗为证：

“让我告诉你：
你挺好。”

起　风

在树林里走，忽而起风了。这风不算弱，却明净无尘。仰面看绿意连绵的树冠，听到咔嚓的折枝声。一会儿，地上散布断枝。

被风摧折的悉是枯枝，黄褐色，像死蛇一样。但杈丫伸张，仿佛不甘心于坠弃。周围的大树那么茁壮，叶子在枝上一片片相互摩挲，在风里把低缓的呼吸声传得很远。

我感到一点悲凉，白杨树粗壮向上的躯干泛着生命的青色，枯枝卧在它的脚下，枯枝已经不能叫作树了。

风止息，在宁静中，我又想到枯枝，也许毋庸替它悲悼。它或许正在感谢于风，将其从弥留中解脱，送还地上，得到盼了许久的安然。它刚刚开始枯干那会儿，树干的汁液已经渐少，枯枝瞅着叶子片片发黄，不知何时飞旋而走。它也许就盼望回到俯瞰了许久的土地上。但枯枝必须经历萧索的整个过程，不能加快，亦不能减慢。那么，就在风不期然而来之际，这个时刻就叫作大限，也许还是一个庆典。枯枝在离开树的刹那，总要断然一响，清脆之声远远近近都听得见。这声音的脆亮，是痛苦的最后一吼，还是欢愉的意外之音，我不清楚。或许这两种情态都包含其中了。

我不清楚的事情，就不再思索了。人的毛病之一，在于喜欢设出两种结论，然后选择其一。这就导致更深的迷惑。

就在我快要走出这片树林的时候，身后又传来四面八方的簌簌之音。我回头看起伏如浪的树冠，又起风了。

秋　叶

秋叶在树头俯观大地，风劲吹，使它摇摇欲飞，叶子早就想下地走一走。

所谓秋风吹过来，怀里揣着一把接生婆的剪刀，去掉叶子的羁绊，让它们在大地打滚奔跑。人看秋叶飘落，心境生凉。错了，人心哪懂天意。落叶高兴，在地上与众多兄弟姐妹相逢，千千万万的叶子抱着、携着，牵拉彼此的手腕臂膀团团起舞。

它们原来看不清彼此的长相。人说，叶子和叶子长得一样嘛，又错了。叶子在叶面上的面庞，润洁或活泼、多情或静思，脉络不一，绿的深浅不一，表情也不一样，这在枝头上看不清。叶子在枝头做团体操，每叶位置固定，跟奥运会开幕式差不多。

在地面，叶子看清了伙伴的面孔和它们的表情，表情写着：走啊，咱们浪迹天下吧。

脚下的大地松软、坚硬、平坦、起伏，释放迷醉的香气。青草的外衣在秋天换成浅黄的披风，围在膝下。说土地只生草木是短见，它还是蚂蚁、蛐蛐儿的大本营，是石子、碎玻璃、废弃的烟盒、雪糕纸的家。大地有多大？落叶以为在风中奔跑三天三夜就到了尽头，不可能。三天三夜才到法库，法库前面是四平，然后是长春、洮南、科尔沁左翼中旗、满归。诸落叶，尔等明白啥叫天涯海角不？不明白就慢慢跑吧！

城里的落叶在避风的墙角入眠，半夜醒来，见光秃秃的树枝挡不住月亮的脸，吓了一跳。落叶看枝杈歪斜，更吓一跳。它们一直以为枝直通天。树是千手千眼佛，向四面八方伸臂，一层层接引，收拢成为枝尖。

风不光是接生婆，还是导游。它带着无边的落叶参观躺在小区里的白菜和大葱，参观马路上的斑马线，看大楼身上的玻璃幕墙飘过白云。

奔跑的落叶已经找不到原来的枝头。天晓得天下有多少棵树，谁知道谁的位置几排几号？无风的早晨，鹅黄的落叶覆盖人行道，个别地方没盖好，露出一点点水泥的缝隙。即便这样，爱美的人也不忍心在上面踩。其实踩没啥事，落叶在脚下“沙沙”响，暗发秋声。

秋天，落叶尽享游荡的快乐。看山是山，看水是水，看人成群结队不知去了什么地方。它们劝枝上的留守者，下来吧，大地宽阔。

山与树林的合唱

“山在歌唱，只是人没有听到。”我记不起这是一句诗还是一句歌词，也记不起这是别人说过的话抑或是我脑子里冒出的念头。话如失物招领一样放在这里，我想说的是我相信这句话。

在牧区，山峦裹着蓝色的毯子，趴在天边。它们在做什么呢？一定在小声唱歌。裹着毯子的人，唱歌的声音一般都不大。山在那边一定看见了河流。草原的河流曲曲弯弯，像在塌裂的河床里流淌。在任何光线上，它们都白而亮。像割裂绿草的白色闪电，又像马鞍上的银链子。群山的合唱是低频震动，河水为此浮起波纹。山比人更早通晓和声的唱法，歌的层次如山的层次。山坡上的灌木带、白桦林带和蒙古栎带是不同的声部。人听到是树叶哗啦啦的声响，这个不算，顶多算伴唱。人听到山和树林的合唱吗？如《出埃及记》那样的肃穆。群山合唱，越矮的山峰声音越尖，跟人一样。树林是乐队的弦乐。我听《霍夫曼的故事》里的船歌，小提琴齐奏也有非凡的歌唱性。树林的齐奏不齐，也没法绝对的齐，除非是用电子合成器贴上去的音。不齐才好听，树林的伴奏如几百把弓子整齐地拉过去，每把琴的乐音会快一点或慢一点，混杂的声音如夜空里参差不齐的树梢围在月亮的脖子上。有句成语叫“山呼海啸”，发明这个成语的人是懂音乐的，并通天籁。

山的歌声近于呼，古人称吁。呼吸的呼，呼麦的呼，广板并慢板，有曼陀瓦尼乐队的无限的延长音，然而无词，音乐术语叫吟唱。其实所有歌的歌词都是狗尾续貂，是包糖块的玻璃糖纸，是废话。山在夜里歌唱、星星下垂，聚集在地平线，它们是听众。山的歌声的波长不被人耳所解码，山早就看出人是聋子，羊倌赶羊上山下山，没表情，证明他从来没听到山的歌声。

流云停驻，人不明白流云为什么会停下来。云听到了山的歌声，在牧区，朝起的云都挤在天边，如小学生排队，它们在听山的歌唱。歌者不光有山，樟子松是女高音，落叶松是男高音，山洞是男低音，白桦树是次女高音。这是说独唱的乐章，合唱时它们全体加入。

白雾飘过来时，山唱的是情歌。白雾在歌声中滑落在山的脚下。白雾让山的嗓音有一点沙哑。迈克尔·波顿唱情歌也很沙哑。太亮的嗓子唱不出情歌的诚恳。心中无苦，不适合在山野里歌唱。山在恋谁？流云、大江，还是天上的星星。这个事在没弄清楚之前不可乱说。人的听力与山的波长对不上，听不清它和它们的恋爱与失恋。那些古老的岩画在说这个事吗？不像。

山不是文工团的团员，没有新歌的时候，它习惯于沉默。但四季的每一个季节山都要唱一唱，在春天歌声会多一些。山的歌声传过来，鸟儿在天空盘旋，田鼠钻出洞来谛听。唱到低音部分，山石震落，轱辘到山脚下。如果河水绕着山流，必是此山歌声优美，河水舍不得一下子流走，山为此多唱了好多的歌。

树的道路铺向空中

人说树一辈子没往前走一步路，其实树一直在奔走，它的道路在空中。你平躺在草地上，就可以想象树怎么观看自己的道路。这条路（不应以条论？）广阔蔚蓝，早上变为玫瑰色，傍晚金红。树看不清路的尽头，它有时觉得白云城堡是尽头，但城堡也飘走了。（城堡还会飘走？树觉得云的事太不靠谱。）暴雨滂沱，是路面喷射的水。这时候树也不想走了，它想不通天怎么会变成水库，用下雨的方法泄洪。但雨过天晴是最美的时分，雨不止洗去树和草上的尘埃，也洗掉了世上的杂音。雨后是不是特别静？万物垂首静默。雨下在树皮上，下在鹅卵石上，下在牛屎上，下在如皮革一样坚韧的草上，之后突然停了，那么多的音响停止了轰鸣。如果不下雨了，还下什么呢？万物在等待那个东西。那个东西来了，它是鸟鸣。如果不是爱出风头的鸟儿打破了寂静，世界还将静下去，谁也不好意思用声音扰乱暴雨造出的寂静。蚂蚁的腿都麻了，但并不翻身，怕翻身触碰草叶发出的轰响侵犯寂静。鸟鸣之后，世界就乱了，鸟鸣带来了更多的鸟鸣，你听到积水咕咚咕咚往树洞里灌，蚯蚓开始钻探，獾子边跑边放屁，风用刮雨器刮下树叶上的积水。乱了，太喧闹了，跟雨前一模一样，也许更闹了。雨把空气中的脏浊化为污水送给大地保管，花朵抹去脸上的雨水浮出地面，极尽娇艳。树看见自己的道路更近了，更近的意思是它几乎看清了天心，那正是它要去的地方。

树带着所有的树枝上路，树的终点是天上的星辰。它们是撒在蓝丝绸上的白蚕豆，是隧道尽头透进的光的白点，是永不融化的黑冰里的化石。树是大熊星座下的烛台，烛花是春天才开的花朵。树走在天空的道路上，路上洁净无尘，它的同路人是鸟儿。鸟儿虽然夜里在树上睡觉，天亮便径自飞走。树看到最多的是鸟的腹部从天空划过，像从海底看头顶游过的鱼。树回头看到身后的青草，青草永远跟在树的后面，跟着跟着就枯黄了。树觉得草倾尽气力一生才长两寸长是吝惜气力。蝴蝶在春天为树送行，它趴在树的苞芽上叮嘱。蝴蝶说天上的云团实为成千上万的蝴蝶的集合，风把它们推到大海的对岸。

树不怕自己走得慢，慢是大自然的美德。大自然带来的所有伤害都与快有关，洪水、地震，都是它内部的一个表针突然走快了，然后继续慢。慢是美，山峰从地面爬到天空用了多久？雪花从天空落到地面有多久？树木把所有营养均匀地输送给所有枝条，让它们上路，走向天空。从春天开始，有多少树的孩子往天上走？大树小树，每根枝条都是它们的孩子，最老的柳树也托举着稚嫩的孩子走在天上。春天，没有哪一棵树的孩子不出门，它们的父母把这些孩子打扮得漂漂亮亮，让它们穿上了新衣裳，有的枝头开着花，那是孩子们头上插的花。玉兰哪里是花，它简直是一份大礼，朵朵都似白玉杯。树枝走到天上去，不能空着手，要带点东西。丁香花紫里藏白，四片花瓣打开后，树上贴满了清香的鳞。没有桃花就不算春天，桃花让人痴，让人相信未来，相信一见钟情。桃花离果实很远，离笔墨宣纸很近。桃花是一件事情的开始，也许是情事的开始，也许是飘零的开始。桃花落地比在枝头好看。梨花盛时如山野暴动，一树雪白衬在绿草之上，密到白到发疯的程度，人除了目瞪口呆并无什么办法。沉寂一冬的大地被梨花吵闹，在乐队里，梨花是锣鼓，铺垫好戏登场。连翘即迎春，它是灌木上的花。它虽然有一个药房的名字但不失娇艳。自然界最艳的色彩不是红，而是黄。黄颜色连接着苏醒，它是乐队里的女高音。金色的蜜蜂飞进连翘的花蕊上，你觉得它的家不是蜂房，而是连翘，它俩是一家。

树带着花朵的礼物供奉上天，杨树没花用小绿叶凑热闹，松树用松针为春天掐表。所有的枝条对着天心。走吧，树木，天空有无数条（片、块）道路等着你。树木不管土地泥泞，不理会砾石、杂草和未化的冰。树的眼睛只盯着天空，看着看着，它发现自己肩膀长出叶子，像披肩又像托盘，下完雨上面留几滴雨水。叶子宽大之后，树梢看不清脚下的泥土，它的眼里只有杈丫，夜晚眼里是星辰。月亮从云的缝隙查看每一棵树。虫子在地下翻落叶，如翻旧书。树往天空走着，边走边吐出更小的叶芽。如果是茶树，这些叶芽就变成了茶。树不知离天空还有多远，它要一直走到秋天。

树的尽头

琴、乡下的门窗、板凳、寺庙里的木鱼，这些东西的前身是同一样东西——树。

它生长的时候，人们叫它树。树离开大地之后，叫作木头，叫黄花梨木大床，叫紫檀木棋盘，叫炒菜马勺的把。木头当年在树们的岁月里，身上长满绿叶，沾着露水，是鸟儿的家。当白箭似的急雨斜穿而过时，树像顶着雨赶路。雨在树的脚下劈啪打出水花，树身像雨衣一样反光。树木奔跑，直到眼前出现一片野花。

树叶让树丰满，如同大鸟。树在树林里度过了一生最幸福的时光。

小时候，我家东面有一处锯木厂，每一天都传来电锯声，包括木头锯透后电锯发出的袅袅余音。我从三四岁就听到这种尖锐的声音，七八岁时同家属院的小孩一起参观这个厂。锯出白茬的方形木料堆有三层楼高，让你产生幻觉，好像你变成一只蚂蚁仰视火柴盒里的火柴棍。院子里全是松脂的香气，松树的红色鳞片堆满地面。现在想，我老家一个小锯木厂里，半米宽、半米高、十几米长的松木方料竟堆积如山，这么粗的松树得长五百到一千年，这是何等富有啊！我长大再没见过这么粗的松木。五六个工人把松木的一头抬上操作台，工人用肚子顶着松木推向电锯，“嗞——”，电锯怪声怪气地叫嚣，松脂香气越发浓重。我觉得锯木的工人已患有成瘾性疾病，他们见到所有的树都想用肚子和肩膀顶向电锯，把浑圆的树变成白茬、有纹理的方料。离一垛垛的方料不远，是一条铁道线，木头从兹前往各地。

树不知自己身上哪一部分变成门。这一部分树变成门之后，成了一个家最重要的成员，它叫门，古语称之为户，替这家遮风挡雨。这家人每天用手摸到门，开门关门。门远离森林已经很久，绿叶和露水永不再来。门上有锁，安玻璃，没人再记得它曾是一棵树，是树身上的一部分。门上年轮的花纹被漆覆盖，花纹在漆的黑暗里回忆森林的绿荫。

有的树变成琴，只用一小块木料，制成琴杆和共鸣箱。琴是树最为文艺的出路，发表乐音并倾听乐音。在音阶的五个全音和两个半音的无穷组合中，琴身的木头听遍了人间苦乐。旋律使它们迷了路，忘记了森林的一切。不同的树让琴声明亮、幽怨、沉思、多情。用放大镜看木板，是无限穹庐，像蜂窝一样，藏着无数小共鸣箱。

木鱼是寺庙的法器。鱼日夜睁着眼睛，僧人以木雕鱼作成响板，取警醒之意，戒怠倦。木鱼的声音幽远、玲珑，是另一种梆子。树成了鱼之后，以声音在寺院的静水里游来游去。

树的弥撒曲

不是连天淫雨，也不是雷阵雨，我说的这种雨疾徐有致，像巴赫的双小提琴协奏曲那种风格，时间也如放一张 CD 那么长。半个多小时，树，就放送出芬芳的气息。这是今天我在空军干休所墙外感受到的。

树憋足一口气，向我哈过来，一丝一丝的芬芳。小时候，我爸喝西凤酒回来，把气哈在我脸上，说多么香。树的香才是真香。它包裹着你，不仅香，还从胳膊的汗毛眼钻进你的肉里。倘不是在街上，我一定赤膊而行，让肌肤体会这气息的甜。

或者，这是树在唱歌，人耳听不到这种频率。女声，沉思性，像中世纪的弥撒曲。

这些树的歌声嗖嗖远逸，于是我在墙外来回踱步。若有大象的长鼻子，就灌满满一鼻子树香，回家一点点吸嗅。

如果我有钱，每天搞一场人工降雨，在树丛里，我叼烟头光膀子穿行，倾听树的芬芳的合唱。

树活两辈子

每棵树身上都有两辈子，它们把两辈子放在一起活。

树的枝叶果实是它的青春。阳光均匀地涂抹在每一片叶子上，同时没忘记晒红苹果的脸。树叶有青春的好奇心，会用手掌捧一只毛虫看，看它吞吞吐吐爬向树干。树在夜风里丢弃了睡意，计算风吹落了多少颗露珠，听河流莫名其妙传来跳水声，好像苹果连夜逃逸。树最喜欢星星，以为那是天空密林上挂的灯笼。这些灯笼隐身复浮现，好像往人间传送神秘的灯语。灯笼旋转，东方出现鱼肚白时，一盏盏熄灭。

根是它的暮年。根在黑暗里呼吸，呼喊水的名字，它的邻居是昆虫。根的世界叫作土壤，正如树的世界叫空气。树根熟知土的话语，它们常说的词汇是紧密、湿润、水和干涸。土是大地的躯体，大地的臂膀、肌肤、内脏和灵魂全是这一层厚土。土做的砖，土垒的城墙，根在土里活了一辈子，就像树的枝叶、果实在阳光和空气里活了一辈子。

树根比老人的手还老。树根何止于吸收水分，它要牢牢抓住土地。从树冠传来的风的力量扭动树根，根而非树干在与风角力。徐志摩说“风不知从哪个方向吹来”，根也不知风从哪个方向吹来，为什么要撼动树？树根在与风的角力中得到大力士的称号，它的手像铁匠一样骨节突出，或者像一只放大的鹰爪。悬崖的树，根比鹰爪更坚利。它们用根抓住岩石，用树枝抓住风，争夺一席阳光。

根没见过阳光，一辈子从未见过太阳的模样。树叶把太阳的能量源源不断传输到根须，根感到阳光是让躯体膨大的力量。根想象阳光是一片水，淹没了大地，如金针刺破所有屏障。根看不到光的亮，却感受它在奔跑。阳光在树的脉络里跑得比水分还快。阳光像海水那样一波一波涌来，送来粮食和热量。

树活两辈子。树叶是树的孩子，根须是父母。父母在泥土里当地基、当抽水机、当风的对手。根须其实不懂树叶的快乐，也不知果实的滋味，只习惯于劳动。叶子在风里簌簌唱歌，与小鸟捉迷藏。树叶向往远方，猜想地平线发生的事情。叶子甚至盼望秋天来到，让它脱离树干，在大地奔跑。

根看不到树叶的足迹，果实被车拉到了远方。当光秃秃的杈丫落上一层冬雪时，根在寂静的土里深眠。冬天戒严了，水与昆虫都在休息，树的根须放松了筋骨。大地上的生灵在冬季休息了，冰雪让它们停止一切活动，全体护生。

树根在三个多月的睡眠后返老还童。春天的脚步先从昆虫的翻身声里发出，水醒了，打听哪一天是立春。当春风摇动树干的时候，根须知道春天到了。根须一天被春风摇醒一百次，让它准备嫩叶、准备蓓蕾、准备树叶和花朵的衣衫，树根开始为儿女准备所有好东西。

树叶和花见到春天后开始歌唱，有合唱与独唱。歌声传到树根，树根不断把水送上去，让它们润润嗓子。

树的衣裳

见法新社一张图片，德国一位女艺术家给树织了毛衣，那些树从很矮的地方开枝，这些彩色毛衣从树的脚下延伸到胳膊上。树林的树隔三差五地穿着毛衣，像孩子们在奔跑。

把树变成孩子就这么简单。而孩子穿着天下最好看的衣裳。春天到来的时候，我上街看孩子们换上了哪些衣裳。过年的时候，我喜欢的事情也是看到孩子们全都穿上了新衣裳，兜里揣着糖果、爆竹，成群结队、喜气洋洋地在大街上走，像礼物在雪地上移动，像城里突然冲进了一群美妙的动物。

我孩子小的时候，她的妈妈也给她置了许多好衣服。有些衣服甚至是好笑的，比如小虫翅膀那样淡绿色的纱地儿上衣。还有一件水兵毛衣。孩子两三岁的时候，穿着这件水兵服蹒跚学步，很庄严，又娇憨。

我妻子把这些有趣的衣服收藏起来了，包括女儿作的“诗”，谱的“曲”。而我突然想到，没有收藏母亲年轻时的一件衣裳有多么可惜。母亲年轻的时候，也有美丽的衣裳。我记得她有一件暗绿色的连衣裙。它让我想起母亲也有美好的青春时光。我甚至想知道母亲做姑娘时的样子，当然这是不可能的。而我父亲则是幸福的，他在我母亲做姑娘的时候认识了她，他们成为朋友，后来结为夫妻。

树静夜阑

夜里的一切都美丽，我是说大地与植物。

假如搞不清中国画“墨分五色”的道理，要到黑夜的植物园揣摩。太阳收走白昼的七色，夜里还有光。从软弱的月亮上飘来的微光，把植物变成线描与版画的黑白插图。红花委屈得变成黑花与深灰的花，于是花也不怎么娇矜，转为娴雅。在夜里，植物们成为安静高贵的种族，用黑白灰穿插映衬，白天的喧闹与色彩争夺就此隐退。而我们，退化为缺乏色彩识别能力（锥状视觉细胞）的动物，如狗、鹿和老鼠。这样看东西更好，宁静柔和。而白日自然恢复色彩视力。

走在黑夜的植物园如看黑白电视，月光所照之处皆不真切，像涂一层毛茸茸的薄霜。它把水泥路照得太白，让人不忍行走，怕弄脏。在高大的植物中间，如皇太极陵树龄 200 多年的松林间，月光照不进来，却仍然看到许多东西，它们变了样。灌木像铁丝网，青苔像雨浇过的毡片，废砖如石，只有树还像树——它们像英雄，松树更像。杨树是没文化的功臣，连级；榆树是离休老英雄，抗战前的；松树是按剑待决的将军。只有柳树像女人，春天的柳树更像女人——撒魅力大网罩住天下男人。

植物园的夜里，周围深处似有歌声，听不清旋律和伴奏，如教友弥撒。是风穿过树叶蜡光的绿手掌吗？风吹过松树身上斑驳的盔甲，发出声音。风和月光梳理草的乱发。风在水面小步奔跑，留下鱼鳞般的脚印。我看不到松林的顶端，顶端是一朵朵肃静的冠冕，它们仰望月亮，怀想清朝的旧情，想孝庄文皇后——一个善良的科尔沁女人，辅佐清朝中兴。

在植物园听到自己的脚步声有些奇怪，啪哒、啪哒，不算好听。只有人或熊才这么走路。狗与猫均轻捷无声。我带着我的脚步声走过落叶，走到有灯光的地方。这么晚了，四处奔走的只有人类，鸟类、树类早已安歇。

树林里的眼睛

我不怕走夜路，在夜里走路感觉比白天更放松。这好像是动物的想法，不知什么时候传染到我身上了。从葛根召到赫林塔拉约有 20 公里，我傍晚睡觉，睡到夜里 11 点钟爬起来，往赫林塔拉走。

过马车的道路长满杂草，车轱辘压过的土业已死去，不长草。路两旁的新疆杨胸径达到碗口粗，树上的叶子在风里旋转着跳舞。叶子在叶柄上来回转，像有手指捻转。新疆杨的树叶分成两色，绿色的叶面有光滑的蜡质，灰色的背面长绒毛。夜里，叶子的灰色和绿色变为黑白两色，在风里旋转着给人变戏法。往前走，经过山榆树和蒙古栎的树林。月光照不进浓密的树林，林内好像是漆黑的仓库。或者说，一列看不见尾巴的闷罐车停在树林里，漆黑的车厢上面装载向上生长的树。

我知道树林里有无数双眼睛在看我，我有些得意。动物和鸟类不出声地看我，瞪着亮晶晶的眼睛。它们的眼睛比玻璃球还亮，没有杂质。它们在看这个两条下肢行走的“人”在干什么，去哪里。想到这个，我笑起来，这并非讨好它们，而表示我也是愉快的。虽然我是“人”，但并非所有的“人”都坏，“人”也并非随时随地都坏。有时，他走路而已，微笑而已。他以双下肢行走本意不是要杂技，这是进化的结果。他的双上肢前后摆动，不是做暗号，而是在平衡。人类所有的坏事都是用手干的，我摊开手，上面没猎枪和夹子，也没毒饵。我只是一个去赫林塔拉的人。去赫林塔拉也不是为了干坏事，我要到那里山顶上护林员住过的废弃屋里睡到凌晨，起来看日出和那里的岩画，拍点照片，然后再走回来，经过你们。当然这已是明天白天了。白日里，新疆杨的叶子变成绿灰旋转，而不是黑白。这条路上的月光会被太阳铲掉，铺上明亮的阳光，那时候你们都回到了窝里和洞里。白日才是你们的黑天。

月光像用喷雾器把乳液喷洒在草叶上，白得均匀。再往前走，快到夜里 11 点时，凉气从树林里跑出来，包住我身体，地上的月光变得更白，如同冻结了地面。我坐在路边歇一会儿，突然害怕有动物把双爪搭在你肩上。于是，我靠着一棵树休息。怎么看不到动物们、鸟类、昆虫们在夜里活动呢？我知道肯定有动物在树林里与我并行，跟踪我。它可能是狐狸或獾子，但最好不是野猪。除了老虎和熊，谁也不是成年野猪的对手。这只狐狸或獾子看我到底想干什么，它觉得我不能仅仅是走。是的，我不仅仅会走，我还会写作（这也是古老的职业），但现在只是走而已。我不上树掏鸟蛋，也不把手伸进树洞里抓蛇。你别拿你干的事想我，我也不用我干的事判断你们。

月亮朝西北下坠，月牙比刚才更向后仰，好像把飞机座椅向后调整了，它躺在碧海的沙发上看天。月亮当然也要看天，这差不多是它主要的工作。人类觉得月亮一直在俯瞰大地，这是错觉，月亮要看群星的位置。星星们一如夜海里的岛屿，是不融化的白色冰山。星星们离月亮很近，彼此观望都无须仰脖子。它们互相照耀，有足够的光。

夜的树林里总有声响，像鸟窝从树上掉了下来，像松鼠掉进铺满落叶的坑里。但没有人弄出的声音，什么声音都不会妨碍夜行人的安全。就人的体积、外形、气味而言，没有哪些动物想把人当作食物吃掉。它们对人始终恐惧。人用文化歌颂人的各种俊美，大多数人都信了，但动物一眼就看出人的丑。人在它们眼里，比人看河马还要丑，没人吃这么丑的东西。动物辨识对方，嗅觉比视觉更具有优先权。动物都不喜欢人类发出的强烈气味，比骚更骚，令人作呕。想这些，是让我走夜路时放松一些，人的相貌与气味的武器已足够强大。

前面有河水，这条河浅而宽。到对岸，河水把我的气味传得更远，让更多的动物悄悄离开。流水的声音好像并不由河水冲击鹅卵石而来，是水对水的耳语，边说边笑，包含许多秘密。河对岸，草地开着小花，夜里看都是白花。走百十米，白花止步。前面是一片开白花的树林，好像草地的白花爬到树上去了，这完全有可能。因为树底下已见不到小白花。

夜里的树高大并茂盛。我进树林里走了一会儿，因为视力没动物那么好，怕崴脚便回到路上。树林在夜里发出清香，我称之为“夜味”。夜味并不像夜色那么黏稠，它清凉、下沉，摸一摸你的脸就去了别处。夜的味集合了青草与枯草、绿叶与落叶的气味，混和香型。其中也有岩石的冷冽的气息。昆虫们在我们不察觉的草与土里忙碌，过日子呢。月亮下坠，更加偏远。道路和岩石的白色已变得模糊，夜比子夜更加渊深。我走了3个多小时，夜才开始真正地黑了，现在接近凌晨3点。

树木是音乐家

才想到，树是藏在暗处的音乐家。我过去一直以为琴声是从琴弦和琴弓之间发出来的，忘记了琴的共鸣箱。

提琴、胡琴、月琴、吉他……其实不必列举下去，包括钢琴在内的琴都有一个木质的共鸣箱，就像人有肉身，河有水的质地，琴有木质的，更准确地说是植物的躯体。这么说就对了，说出了琴生命的源头。

树木在阳光和水里生长，在泥土和月光中呼吸。夏天，树木不出汗却散发清凉，浑身的绿叶比草茂密，而人在此季昏昏沉沉。春天的树在大地刚刚苏醒时已经开花，它在肚子里背诵了一个冬天的腹稿竟然是花朵，让人惊喜。旷野里的一棵树如同一位行脚僧，虽然无依无靠，它却是小鸟的依靠。树在稠密的夜色里搂着鸟儿们睡觉，让大鸟和小鸟枕着树枝的胳膊睡觉。天际透露点滴曦光时，鸟儿争先恐后地歌唱，唱成一锅八宝粥。树最先听到这些歌声，它熟知每一只鸟儿的歌喉与旋律。树从最近的距离看见太阳把苹果一点点晒红；它听见小虫在月夜吃树叶的沙沙声；树听到露水珠从树梢滴在草叶上。树收藏了自然界无数的声音。

所以，所有的琴都用木头做共鸣箱。弦上的声音在箱里共鸣，不仅被放大，还带出了这株树心里的声音。琴声何以缭绕、何以幽怨、何以清越、何以旷远？我今天才明白，这是树的木质的语言。

古琴推重木质。一架西汉的琴，琴身可能在汉代就是生长了800岁的老树，其音怎能不邈远。琴老，但不衰疲，保留百代之音。

科学家测出树木发出人耳听不到的10赫兹以下的声波，而我们在琴声里听到了树的歌唱、树的沉思，甚至树的阅历。人没法跟树比，人活不过一棵树。看到从悬崖石缝里长出的松树，你没法想象它是怎么生活的。树把根扎在石缝里能活几百年，人在那儿连十分钟都站不了。树比人更能体会寒冷、干旱这一类的困境。事实上，琴声不光装点太平，还发出悲怆之音，木头比人更知道世事艰辛。琴声的纯美只是树木说出的愉快的话，它还有更苍茂的声音。有朋友从南京动迁的老房子里买出一段房梁木，是明代的木头，他制成一把古琴。我问此琴什么格调，朋友瞪眼想了半天，说此琴一腔悲愤。一段房梁木怎么会悲愤呢？朋友奇怪，我也觉得奇怪。

树木有梦

树在冬天惊讶着人的美丽，它们彩色的衣装使树显得粗伧。这是在北方。

树在冬季变成了身穿统一制服的士兵，青或褐都罩在乌蒙蒙的灰里。它们不知人类用了什么样的办法，仍然像夏天那么鲜艳。

树是冬天的穷人，叶子被秋天收走了，不知存到了什么地方，以后能不能送回来。夏季的泥土抢走了树的花朵，雨水把花瓣冲到远处，连鸟儿都找不到。

小鸟怀念绿荫，那里有许多秘密。鸟儿仔细观察叶子的手掌，为它们算命。许多叶子哗哗伸出手，让小鸟看自己的爱情线。

冬天只有人类美丽。他们在皮衣和羽绒服上配以彩色的围巾和手袋，集中了好多花的颜色。他们在街上停下来，说话，然后笑。如果哪一株树这么鲜艳，也要笑，用树叶弄出声响。

街上，绚丽的小孩毛衣挂在两株树当中的绳子上，袖子在风里摆动，像跳舞。这是下岗女工卖的，批发价。树们不懂，这么好看的毛衣，为什么没有人买？它们已经挂了很多天，而且行人并不看这些毛衣，连小孩也不看。树惊讶，就像它们不懂什么是下岗一样。

然而，冬天的太阳很暖，树们抵御睡意是很难的事情——梦像天边的云彩一样悄悄走近。当鸟儿飞下来的时候，常被尖尖的树杈吓着，怕扎了自己的脚。再说，鸟儿也不喜欢挂在树梢上的哗哗响的塑料袋，比麦田的稻草人还吓人。鸟儿觉得还是在屋顶栖居比较好，包括大烟囱的铁梯和没有学生上课的教室的窗台上。树在暖日熏陶之下入梦，虽然它们不承认自己睡，说听到了卖菜人吵架的声音，但它还是睡着了。天太蓝，睁眼看一会儿就睡了。在梦里，它发现蚯蚓鼓鼓捣捣准备铲子和水桶，蚂蚁开会布置春季防汛。有两个小鸟在谈话：

“我要用明年的桃花做一个最好的巢。”

桃花？哪里有桃花？树想睁眼看一下，但睁不开。

另一只鸟儿说：“我要用树上的露水漱口，这样，有助于练习美声。”

树懵懵懂懂地想：这些鸟儿在做梦吧。当然，露水和鲜花都是好的东西，仅次于人类那些美丽的衣服。

树叶欲飞

每一片叶子都像一棵树。

这是一位名人说过的话，如伏尔泰那样的名人。据说这句话曾经启发一个人开创了一门学科。

取一片树叶端详——如杨树叶或榆树叶——宛似一株伫立的树，枝干清晰，冠冕丰满。或者说，此乃树的相片的绿色底版。叶子在心里纪念树，像孩子纪念妈妈。对着阳光看树叶的脉络——即树干的微缩——实如通达的渠。水分多么高兴在透明迷宫的走廊里跑来跑去。

树叶还像摇摆不息的婴儿的手掌。如此，每一棵树都是一尊千手千眼菩萨。树的确是树菩萨，以清凉救人。树叶亦如一只只小鸟，伏在枝头。它的纹路像披挂羽毛，在风里，这些羽毛颤抖着，欲飞。当树叶在你面前翻卷时，确如飞不起来的挣扎。

藤

藤不是树不是根，又似根似树。树直立，根在地下爬行。藤选择做一根藤，是植物里的龙蛇。

藤是植物里的猴子，它想去一切地方。藤想知道泉水从什么地方流出，野果边上有没有刺猬的洞。藤在悬崖爬上爬下，把阵线搞乱，没有哪一棵树像藤这么胡闹。树像士兵一样站在哨位，一辈子没往前走过一步。

藤直不起腰，它需要挂在什么东西上。藤做的事情叫作借力。它认为所有的地方都是肩膀。它爬过石头、树和草的肩膀，然后向上爬。藤好奇心重，想知道高处有什么，想知道高处的高处还有什么。藤编织了森林里的蛛网。

藤被庄子的故事吓住了：树越成材越近刀斧，树一旦丰厚挺直就成了床，供人坐榻，成了桌椅板凳和皇帝的案子，树不读书也被迫充当书架。藤是明白人，树成了材也不过是大立柜，变成夹肉的筷子自己却吃不着。藤以不材自喜，它要做一个山野流浪汉，东奔西走，居无定所，就这么办了。

藤不开花，它情愿寒碜，像穿褐色雨衣的药农。在雨里，藤的衣衫像石头一样黑湿黏滑，不开花。植物开花，只是一个富贵的梦想。

花开过，花瓣被风揪走、被流水偷走，花记不住自己到底有几个花瓣。开花的树多少有一些矜持，像做家务的男人，更像粉墨面世的梅兰芳。藤没有开花的基因，算球，不开就不开。藤假如开了花，必定妖邪，像身怀杂种的茨冈女人。藤把开花的力量变成皮革般的纤维，坚韧可拔。

日本这个地方国小藤多。他们建立户籍制度时国人无姓，阿三阿四。官令民有姓，民取“田、山、松、井”等山野事物作姓，缀以状态助词“中、上、间、下”。也有“藤”，藤野、佐藤不是一根藤。山多藤就多，平地有草没有藤。日本的藤是造床材料、造桥材料，藤条抽人人疼。

中国的文人画里，写藤见到笔墨功夫。毛笔先天适合写藤，藤之老劲虬顽，以墨之滞迟枯涩应对之。黄宾虹说，笔做什么？分明；墨作什么？融洽。黄宾虹把笔墨最上境界称为“融洽分明”。他的画语录常说笔法，笔分八面是黄宾虹的标志性言论，但他的画最好的地方仍在墨法，茂朴华滋显示黄墨的神力。有画家研究黄宾虹一辈子，不知他作哪一种皴法，我说黄宾虹山水无皴法。他问是何法，我说不告诉你。画藤也无皴，见清楚笔法，所谓线。朱耷画荷茎与藤何其相似，只是墨性不同。毛笔的线——齐白石称运笔要迟，石鲁的线却飞快——在画藤时显出疾徐枯润，显示毛笔的霸蛮，齐白石说毛笔可夺天工。一般画家不画藤，也画不了藤，他怕别人说他在画蛇或画井绳。徐渭是墨藤祖先，其藤怒而刚烈。齐白石的藤显露金石章法。藤在文人画里上了厅堂，化大野为大文。文人画的藤叛逆，臣服朝廷的人肯定不画藤。藤在笔墨之间不止纠结，是不求纠结而纠结自来。大师的墨藤肚子里有火，是身在江湖不屑江湖，是好纸好墨，是不皴，是仿家画不来的黑道道。藤是国画里的美人。

就这样，艺术远离着生活。在所谓“生活”里，藤变成屁股下的椅子，被屁熏得油汪汪的黄。藤是蛮人孟获的盾，是西南少数民族孩子上学路过的桥梁，是供养苔藓、昆虫的共生体。森林里，藤比树烂得慢，它属于筋一类炖不烂的东西。藤是高加索山民采野蜂蜜的梯子，它见过无数采蜜人摔进山谷。

树 桩

所谓树桩，是被斩首的树，是树的遗骨或开裂的冢。

树桩都很粗，年轮湮灭，长满苔藓。而它身边尚细的白桦树，像拉着手的儿童，惊恐地看树桩，不肯离去。

或说，树桩是祖母干瘪下垂的乳房，是悬崖上被蒙住眼睛的骆驼。

我见过老死、完整的树，在四川海螺沟。巨大的、活了几千年的树老死了，倒在林中，而身上有许多生物，小虫呀、蜘蛛啊，老寿星多么幸福。

在我老家，过去有挺多林场——林的屠宰场。现在没了，因为没树了。人们扛着电锯、唱着歌儿，杀伐那些粗的、直的、好的树。伐树的“伐”字其实挺可怕，比军阀的“阀”吓人。树没了，沙子来了；人搬走，大地荒芜。

旧小说写豪强，常用“动了杀机”。机是机心，而杀是人之恶念中最恶的一种，不止杀人，还杀动物，植物也不放过。

草原沙化之后，都市的人只感到空气指数下降，车上落土，衣服需要再洗。有人想过没有？在所谓沙化的源头，牧民的家园没了。这里原来是一望无际的草原。你们衣服脏了，而他们的家园万劫不复。是谁毁掉了这一切？

望树心安

我曾将书房名为“二街堂”——南面临街，西边又有街，因而不是“二阶堂”。至于书房是否宜由自己的名分地位命之斋、居或堂，并寄寓玄秘的含义，我从来不去想，妄语而已。所谓苦茶斋、大风堂或不二居，不外表达怀抱。有人抱屈，自命“六步斋主”，房子太小之谓。又有人讽世、谀己、伪逊，在书房上搞些名堂，属文人惯技。

在“二街堂”前，有花园一片，为我钟爱。在都市，能和植物住在一起的机缘太珍贵了。我居二楼，一棵碧桃树横枝迎迓，绿盈我窗，并将枝叶昂首三楼。碧桃树肩下，是几株坚挺的松树，松树脚下榆树墙蔓延。它们就在我的窗前，被我引为三五好友，共度时光。

去年天冷时，吾妻在南窗置一帘，与床罩、枕套一路色调，银灰绣花，隐隐有地主富农气或道士气。这样，屋里增加了什么，也似隔绝了什么。越几日，妻子摘去窗帘不复挂焉。问，说见不到窗外的树了。我与她握手良久，说真是同志呀。

窗帘挡住树影，又妨碍了天光，不足一挂。它断绝了我与朋友的来往。窗台有花草几盆，那是我与树们的联络员。有时，我从外地回来，深夜至家，吃、喝、与家人问讯毕，躺在床上，一眼便看到了窗外的树，姿态依旧，真是老朋友相见。我相信它们在窗外也看到了我。

我虽微不足道，无枝无叶、碌碌奔走，但毕竟是它们的邻居。我看到树的时候，心里总想：你们哪儿也没去啊？

树们，哪儿也未去，也不屑去别的地方谋生或谋食。秋夜是树最美的情景，叶子俱去，干净伸展于星星的分布之中。这种美态不能为丹青状之，也不能为书法描摹。秋天的夜空本来明澈，若有月光依来，树们在静谧中极尽温婉劲节的气韵，比月下舞剑之人好看得多。

我的心态如一个土包财主，即每夜逡巡仓房马圈，不为所有的人。夜阑，读过书又饮完酒，看妻女睡去，看冰箱、彩电都在。上床前，再睹窗外的树，心便安了。

杨树的末子

天亮前，我做了一个梦。梦见树林的土里冒出如泉水一般的白沙。好像地里藏着的传送带把沙子偷偷运上地面。我像小时候那样双掌扎进沙子里，攥一把，松开。按说沙子应该像沙子那样沿一条线从手心流下去。但梦里的沙子不流，如两个饺子躺在手心。我闻闻——清新的微苦，还有遥不可及的甜。我立刻明白过来了，这不是杨树的末子吗？这是用带子锯伐杨树，树的茬口留下的白屑。我在梦中想，有人在地球里面偷着伐杨树呢？抓住他——

我一喊，梦醒了。梦最怕踢打叫喊这类事。梦只是一层窗户纸，禁不起风吹草动。我知道我为什么做这个梦。讨债的来了，它们不知跋山涉水走了多远的路才走进我的梦境。它们能找到我也是怪事。人找人尚且费劲，何况树找人呢？

我中学毕业“上山下乡”当知识青年，伐过很多树。现在想起来很内疚，或者叫沮丧。高大的、胸径 50 多厘米的大杨树，被我们唰唰伐倒了，杀死了一棵又一棵的树。干什么不好，为什么要伐树呢？那时候，伐倒一棵大树，让我们十分得意，围着这棵倒在地上的大树看，闻到了杨树的锯末子的味道，苦与一点点甜味，清新。如掰断一根树枝送到鼻子底下所闻到的气味。

冬天是伐树的季节。我们穿着白茬皮袄，肩上扛着两米多长、15厘米宽的带子锯。锯在肩上颤颤悠悠，晶亮闪光。带子锯一边一个木把手，两人操作。伐树时，人跪地下，两端轮流发力，白沙一般的锯末子从树身上哗哗流淌出来。

这就是我梦见的泉水般的白沙，它们堆积在行将倒下的杨树脚踝处。锯末子越积越多，堵住了杨树的伤口。雪亮锋利的锯条吐出更多的末子。它的狰狞的锯齿和狼一般咬住树的肉不松口。那时候，我怎么不知道这就是杨树流下的血呢？树的血肉混合一体，变成末子洒了一地，我竟产生了成就感。现在才明白，当地农民为什么不伐树，他怕树怪罪，让我们这些傻小子干这种事。他称赞我们伐树伐得好、伐得快。他的称赞同样被树听到了，日后他一样会下地狱。

我下乡分在了林业队，工作是种树与伐树，冬天把松树带土坨挖出来栽到别处。我们天天跟树在一起，在树林里活动，树干出现并躲藏在其他树的后面。你是这一片树林里的矮子。树们不光奇怪人会走路，还奇怪人的腿如两根树干，从土里拔出来交替前进。年轻的杨树已长着黑色的瘢痕。它们长大变老，树干挣裂了树皮，留下深深的沟壑。那些青玉色的小杨树变老之后如榆树一般黑，柳树也这么黑。昨天我看到一棵杨树，胸径约有40厘米，沉黑如铁，摸上去也如铁。目光顺树干望上去，一丛丛筷子粗细的新枝冒出来，再往上是碗口粗的树枝。这哪是一棵树？这是一个古老的村庄。蚂蚁正从树皮的沟壑里往外爬，鸟儿在看不清的树叶里啁啾不已。这棵树，以衰老的躯干举起这么多枝条，哗哗的树叶如一条河流。树更艰巨的是在风里站稳脚跟。所谓树大招风是说树在大风里要兜住几百上千公斤的风力而不倒。

它倒了，一个村庄就倒了，我伐倒过很多这么老的树，我手摸这棵树，仿佛它们复活了，那些白沙一般的血液回到了它们的身体里，又长出了绿叶子。树身上结过多少疤痕，就证明它受过多少次磨难。哪有无疤痕的树？树对摧折、砍伐都不回避也没法回避，不管经受多少苦难，能活就活着。什么防风固沙跟树没关系，它们只是尽最大力量活。树们节省着使用水分、使用阳光，不想除了活之外的一切事情，树绿着，就活着。

冬天的旋风把积雪扬在人脸上，我们躲在树后避一会儿风。风雪息止后，伐掉这个刚刚靠过的大树。我们伐树时出了很多汗，面色红润，唱起了歌。当大树沉重地倒下时，压劈了其他树的枝叶，扑通倒地，再也站不起来了。我们为此歌唱，并不觉得树林缺了一角，露出蓝天是一个缺憾。树没有躲避我们这些肩扛带子锯的人。现在回想，它们仿佛用灰白色的粗布裹住身体，转过身去。我今天回忆到的只是杨树的一片后背。我记不起树林上空曾经有一群小鸟儿起舞，也忘记了颤抖的树叶子所跳的舞蹈。我记得当年把带淤泥的河水引到树林里，第二天，林地裂出好看的花纹。淤泥十分细腻，上面长着沉默的杨树。那些伐倒的杨树堆在林业队的院子里，后来变成了房梁和桌椅。可是，你们怎么会托梦给我，让我梦到白花花的锯末子呢？人们说过去的事就过去了。看来什么都没过去，它们一直在那里。

有的树忘记了结果子
有的树忘了开花

我像陶渊明写的武陵打鱼人一样，“忽逢桃花林，夹岸数百步，中无杂树，芳草鲜美，落英缤纷”。桃树不高，约齐吾肩。树的怀抱比我两臂伸展还宽，花瓣如枝头粘的假睫毛在风里呼闪。静卧地面的花瓣约与枝头的一样多，我没挨瓣数，怕记不住。在刚冒芽的青草上，桃花瓣铺了一幅疏落的布单子，仿佛等着谁来躺下。我看能来的只有蚂蚁。如有人躺在桃树下看天，跟死了差不多。落下的花瓣在微风里翻身，如翻一只只小碗，最后靠在青草的怀里。在桃花林里走，如见桃树举着花枝欢呼，只是没声音而已。有一棵树无花，也是桃树，枣红的树皮闪亮。它如合唱队里的一位沉默者，比开花的桃树更醒目。这棵树身旁的桃花或盛开，或零落，只有它仪态如初。如开花之前和开花之后的树。它比别的树更镇定，用自己的方式度过春天。

我细看这棵树的枝头有苞芽，还活着，只是没开花。此树因此具备别样的风致。它丝毫不为不开花而显出羞愧。既不向春天投降，也不背叛桃树。树有时可以做一些事，有时也可以不做。对树干、树枝、树根来说，开不开花都不算什么事。开花不是招摇，不开花也并非炒作。只是，在花事迷离的桃林里，有一棵不开花的树。因为树不可言，就无须接受采访，解释自己为什么不开花，省下了道歉的心而专注地做一棵树。

我在夏季的果园里也见过不结果的果树。我很为这样的树叫好，窃以为果树为结果耗费过太多气力，从树道而非人道看，树完全可以自由选择结不结果。杨柳不结果，松柏不结果，石头和云彩都不结果，都过得很好。我想到低矮卑微的苹果树，衰老的要用木棍支撑果枝，它还在结果。它是怎样从枯干的树枝里咕嘟咕嘟结出一只又一只鲜红的大苹果呢？咬一下苹果枝肯定不甜，它把甜都呈献给了果——这个长着叶柄的、等人摘走的、没人摘也会落地的、注定远走他乡的孩子。因为想念孩子，苹果树来年再生出新的果，看它们在枝头长大、变红，再被人摘走。苹果树以其结果，跳不出轮回。我见过的那棵不结果的果树，肯定受到树主人的叱骂，主人甚至用农药威胁过它。但树不结果，用手在枝头挤也挤不出果来，喷农药更不出果。

愿意不愿意只是人类的想法，事实上，有的树可能忘记了结果子，有的树忘记了开花。杏树在夜半醒来，看到枝上的花朵也许会吓一跳，以为落满了蝴蝶，月光用细针把蝴蝶钉在了那里。它自己开花，自己却忘了。树从枝头的花瓣望过去，树梢全是花，与月色搅到一起，如同被水淹了。不开花的树如同没穿衣服的夜游者。它们手上不仅没有花，连衣服裤子也没有，赤裸裸地走在月光下。它看花的树林，仿佛闯入一片海，或者说沉入海底，遇到望不到边的珊瑚。

开花时分，不开花的树会在树林里迷路，鼻子会因为花粉而发痒。身边都是花，它搞不清两边铺着青草的小路在哪里，河流在哪里。它不知道开花的树是从哪里找到的这些花朵，藏在身上在什么时间又开出来。

树把戴够了的首饰扔给青草，青草顶着小花帽隐藏在月光下。月光最白的子夜，树下的花瓣如同树在水中的倒影。不开花的树的脚下也吹来了花瓣，仿佛是从它的枝头落下的。在花树里，不开花的树如同披了一件黑色的雨衣。

不知哪一年，会轮到哪一棵树不开花或不结果，它们也许懊恼，也许庆幸，也许无所谓。树没有年的概念，甚至不知道什么是春，正如它们不知什么是秋。树的身体和灵魂里找不到一种叫思想的东西，因此比人类活得更长久。

栽树吧

栽树吧！

这也许是我所有的愿望中最底层的愿望，如同我的红漆木箱中最底层那件旧衣裳，那册最早的语文课本，我的玩具中最早用手碰过的那个玩具。

它不是欲望，而是愿望，一种起初就带着芽的愿望。欲望和愿望有时不容易区分，然而时间一久，就分开了。如同一条大河流着，分成两条河；如同一条大路分成两条路。“杨子曰：嘻，亡一羊，何追者众？邻人曰：多歧路。既返，问获羊乎？曰：亡之矣。曰：奚亡之？曰：歧路之中又有歧焉。”（《列子》）

在“歧路之中又有歧”中，我们不知不觉间失落了原初的愿望。

以后会记起这些愿望吗？愿望在什么时间凸浮？

也许就是你犹豫的关口，愿望用小手拨了你一下，因而你犹豫了。法国诗人博纳富瓦说：“我每逢走到十字路口，总有一种不安的情感。我仿佛一来到这里的同时，或几乎是同时——离路口两步远的时候，便似乎已经离开了。是的，正是在这里，一个最高本质的领域敞开着，我本来可以走向那里去生活，但从此，我却从这个领域失去。”（《灵域》）

还有弗罗斯特的名诗："森林里有两条路……"

我想我在绝望的时候仍有一个愿望，那就是去栽树。这个愿望不是刻意搜寻的，它像树一样在大地荒芜之际孤零零地挺立出来。

如果栽树是一种美好的愿望，人为什么不在精力充沛的时候去完成呢?

我不知道为什么。就我而言，在生活充满选择的多样性的时刻，正所谓"歧路之中又有歧"，会把目光投向像睡莲一样浮在人生表面的一些东西，譬如赚钱、名分、女人，以及可以无穷列举下去的那些东西。这些东西成为生活中的目标，它们是欲望和愿望的难解难分的重合，像两张幻灯片重叠着被投射在我脑海的屏幕上，驱动我去做那些事。这些目标有时是美的，但更多是属于有用的，只对我有用，因而是自私的。不管这些目标、欲望和愿望多么纷繁多样，都可以分为必需与附庸两类。我去获得粮食、衣服、房子、做人的尊严所需要的自由度之外的一切，就是我必需以及附庸的一切。如今的时代，是附庸的时代，人把自己的才华、能力大都放在生存所需之外的领域里了，其中需要，可用"钱"字一言以蔽之。

但是，一个人即使把生存目标毫无矫情地简单化，也还是回不到原始的那个十字路口。譬如我不带矫情地说，我已坦然摒弃了功名利禄的麻烦，也还是并不质朴刚健。我也许是没有烧透的炭或杀猪人手里没有洗干净的肠子吧。我即使谦冲一些，也没有想到过栽树。我想过，也许在生活的路都被堵死之后，才会想起栽树吧。

小时候，我最大的愿望之一就是栽树，把我吃剩的苹果籽和梨籽埋在土里。那时，我太性急了，瞪着眼睛等待它们破土而出。倘能出芽，我并不满足它长出西红柿秧的样子，要又大又粗，呼隆隆长成一抱粗一房高，枝头琳琅满目。如今，我看楼下的小朋友游戏，也玩种树。他们甚至把小石子埋入装着湿土的塑料盒里，让石子长成树？石林？他们更可爱。

我想明白一个道理，栽树的冲动原是一种创造的冲动。人每日所为，多是攫取，这是迷路之为。最本质的，还是他们的创造愿望。“今天为什么想起种树了？”我问自己，也许是因为细数平生，并无点滴创造。我吃着、喝着、用着兼以眼睛看着世上的一切，维持自己可有可无的生命。我惭愧了，也许是害怕了，想补偿一些什么。于是想做一件普通人所能做的事，又是富于创造意味的事：栽树。

如果我宣布开凿一条河流，显然自不量力。如果我宣布创造一条河流，不仅自不量力，而且可耻。我一直懊丧于自己不是女人，因而失去创造的机会。生为女人，孕育、生产并养育一个孩子，看他一天天长大，体味他与自己的同与不同。这种感觉多么充实。因此读到叶夫图申科的诗《我想当一个女人》时，我被深深地打动了。我像深呼吸一样，嗅入这首诗中深藏的意义。在男性诗人中，泰戈尔的母性以充盈饱满道出渴望成为女性的创世主式的崇高。

我渺小，想着栽树的事。然而，栽树并不是不得已（什么也做不出而去做）的事情。比栽树更好的事是什么？是当官或当商人吗？美国有一处对公众开放的园林，名为 GIMFERRER，门口写着“人们，你们正要破坏你们所无法创造的树木、河流和动物”。这个忠告简直像出自上帝之口。我们为过去的破坏或污染而感到卑鄙吧，然后做一点事，譬如栽树。

树木并非是我们的创造，但它们确实可以经我们之手而生机盎然，算动物对植物的关爱。树由挺拔而高贵，由伸展而潇洒，身上流着绿色的血液，确实为我们所不及。它们地下有根，空中有叶，于凝立中同时和阳光、水分交流；它们还有年轮，有像手掌一样布满纹路的叶子，头上或许顶一鸟窝。而鸟儿，可以姿意站在它们的肩上腋下唱歌拉屎，树不失美丽。我们的确不及。

栽树时，我首先栽白杨树。让慧明之人栽菩提树，高贵之人栽紫檀树，华美之人栽梧桐树，绮丽之人栽桃树，寒洁之人栽梅树，热烈之人栽红棉树，疏朗之人栽芭蕉树，多情之人栽柳树，坚贞之人栽松树，我栽白杨树。

白杨树质朴而散漫，在寸草不生的黄土地偶尔见之。白杨树好活亦易死，一掰树枝“咔”地折了。树皮泛青实白，带着像眼睛似的黑斑的疤痕。白杨树的叶子在北地常常喧哗。知堂先生在忆钱玄同的散文中，疑白杨絮语为雨声，深挚道出“又被白杨骗了”。汉乐府称“白杨何萧萧，松柏夹广路”。白杨——何萧萧，此为吾等所不知。白杨叶子在夏风或秋风中翻卷，是一种萧萧，但为什么而萧萧呢？我们不知道。它们自古如此。台湾诗人纪弦称“……并刮起凉风飒飒的，飒飒飒飒的，这就是一种过瘾”。

我以为这乃是说白杨，尤其“飒飒飒飒”四字，真是一种过瘾。

我希望自己栽杨树时，不至像儿时那样性急，也不必如现今这么急功近利。此类事，不可炫示也不必炫示。我听过一个故事：某人儿时为邻人扫雪，告之父。乃父伸手扇他耳光二，他不解。越数日，父曰：行善事，自己不能说，让别人口传。

我生于贫困山区，从小到大栽过许多的树，包括杨树，但从未因此事高兴过，因而太愚昧了。当时我不知这是好事，是人家组织不得已而参加的事。从学校毕业时，我良心发现一次，去“接见”入学栽的柳树。两年，树已长出碗口粗，茁壮三四米，不认得我了。真是“树犹如此，人何以堪”。

栽树吧，虽然我不是它们的父亲，但能在树的成长里悄悄塞进我的一点点光荣。我大约可以把栽树的愿望归于人的本质之中，夏尔在《群鸟的语言》中呼喊:“不要让人们抢走我们一点深藏的本质，别丢掉这本质，哪管如罩纱，不应把本质的一滴水与一粒沙让给别人。”

在如今，本质锈蚀了，没人要抢夺它们，它们废弃着并消失着，如同挥发的梦想。

最好的树被上天领走了

大兴安岭的林地里见不到土，土被落下的树叶不知覆盖了多少年。土珍贵，被树和草藏在了脚底下。土是树和草的母亲，是冬眠小虫的庇护地，是河流的围墙、万物的故乡。松树在蓝天下晾晒松针的翅膀，仿佛飞了很久，飞累了。青草和花朵在松软的树叶上面下棋，成缕的光线斜射过来，照在它们的棋盘上。鸟儿在树叶间自问自答，如同背诵一篇荒疏的课文。忘词的时候，鸟儿拍拍翅膀，飞向另一棵树。

养蜂、采蘑菇和养鹿的人在林里待久了，不自觉地模仿树的表情。树的表情是倾听的表情，不像人那样喜怒分明，那样挤眉弄眼。树一生都像倾听一个故事，听小虫在草叶里翻身，听地下的河流从哪里拐弯，听松果落地翻滚。养蜂人的眉毛像前额长出的草，养鹿人双眼明亮，采蘑菇的人手指轻得像树叶。他们如果站在树边照相，和树的表情一样——沉默、谦卑、自尊，树把他们视为同类。

大兴安岭的树里隐藏着英雄，它们是被雷电劈焦的树。在冠盖青翠的树林里，雷击木无枝无叶，黝黑兀立。此树瞬间化为此状，好像在往天上看。天上蔚蓝宁静，是一道白云川流的河床。

我替它惋惜。当地人说，这是好事，最好的树被上天领走了，被雷劈的树都是树里的精灵。见到雷击木，当地人的表情肃然，仿佛树是替他们死去的。

我摸这棵树，开始有点不敢摸，仿佛乌黑的树身都是伤口。

一棵松树在一个火球里完结一生，比遭受电锯杀伐好，比被肢解为板材也要好。它的千万根松针被火球摄走精魄。在雨中起火，又被雨水浇灭，或许这是诸树求之不得的宿命。藏人想到天葬不惊恐，反为死后有了清洁的归宿而觉轻松。其他民族的人不这么想，而且连想都不敢想。生死观是文化的核心，使一个民族有异于另一个民族。

当地人送我一个雷击木做的护身符，两寸长，一寸宽。此木一面焦黑一面白，烙铁在白茬处烙上吉祥如意的蒙古文。我摸这块木头，心想这是不是在摸一位高僧的舍利呀？它还是木头，而它的精神随雷声升天了。被雷劈的木头，在此世一无所怕，既避邪，又吉利。蒙古人所说的吉利，与汉人所称避邪，意思同一。

最坚韧、最抗打击、最像石头的植物是树。树身的扭曲，是它抗争的证据。树身不管怎样虬屈，它散开的枝叶都从容祥和。树歪了，但树冠不歪。一棵从石缝长出的树付出了比其他树更多的力量。树没有机会选择生长地，它只专注于生长。看老树，火烧虫啮是它们的必修课，每一棵都是伤痕累累。风或鸟儿把树籽从远方带到此地发芽，孤独是树的宿命。树的枝叶摸不到夜的深处，风要把树带走。披头散发的树与风争了一辈子，换来一身骨头。看树叶的样子，即知树的心里在微笑。活到这个境界上，万事皆可一笑。况且，小鸟飞到树上做窝，鸟儿在树叶里谈恋爱，让树高兴地沙沙响。更小的粉虫子在树皮上爬，把树当成了山。

我闻一闻这块木头，没松香味，也没有焦煳味。这块木头——这只是我想的——身上藏着雷电，或者说雷神在此，秽物远离。牧民认为雷击木是来自天上的东西，他们把雷击木放在家里，威慑猛兽毒虫。大凡森林野兽，都怕雷电。这块木头一定用特殊的气味或波长喻示雷电来过，人不知，毒虫却知，绕道远飙。

坐车走过大兴安岭，间或看到一棵雷击木，它周围的树依然翠绿。树啊，莽莽苍苍布满山岭。树并不认识它周围的树，但如同兄弟姐妹。这棵雷劈过的树仍站在它们中间，无枝无叶，一身骨头，为众树避邪，它是开过明亮的火花的吉祥木。

比草木更孤独

我的新居在沈阳的边上，比城乡接合部更接近田野。这些广阔的田野被房地产商购买后遇到楼市降温，田野变成了旷野，耕地上长满荒草。我从北窗望过去就见到地平线，如长长的扁担，挑着天边的云彩。抬眼见到地平线是福气，城里人抬多少次眼见到的全是楼，站在高楼顶上看到的仍然是楼。

地平线是多么大的财富，稍稍看一会儿，视野里就有鸟儿翻飞，经常是一对。这里离城市已经很远了，鸟儿仍然要往更远的地方飞。在我印象里，太阳应该从山峦后面升起，山是它的车马大轿，但这儿没山。这里的东方跟北方一样，只有地平线。太阳只好平凡地从地平线升起，我想它并不情愿，只好如此。太阳从东方的地平线上先冒个头，浮现半轮，尔后通晓地全然跃出，看上去非常富有。太阳升得不快，也不慢。地平线如同流淌着高炉里的铁水。暗红透金的铁水漫过平原的树丛，吞没田埂和土坷拉，淌到开发商买下的土地上散开变成了薄薄的金色。太阳孤零零地继续上升，没有山峦或楼群的扶持也得上升，习惯了。我站在荒野上目睹日出，周围竟没一个人。恍惚间觉得太阳是为我一个人而升起的，这个想法刚产生我就把它批判了一下。在太阳眼里，我与草木见不出区别，况且身边还有鸟儿、有电线杆子，太阳是为大伙儿升的，这才对头。

面对旭日的时候，我忽然觉得自己好孤单，一下子想不起怎么到了这个地方，甚至忘了这是什么地方。太阳把大地重新包装了一下，条状的红云从东方天际向外放射，草尖儿敷一层逆光的红色，飞鸟的影子变黑，灰褐的杨树干透出清洁的白色。太阳升起时支起一个圆顶的穹顶，光芒像树的年轮一样由中心向外扩展，那是一圈儿一圈儿的光。太阳带着它的宫殿飘起来后，地平线恢复静穆的黑色的“——”。这景致很像个“旦”字。舜可汗造歌词“日月光华，旦复旦兮”，灵感有可能来自观日出。阳光从东方平射而来时，植物和我都显出挺拔的姿态，从头到脚涂抹着均匀的金光。地里的石头仿佛是古代的墓碑。

我在公路上远行，为了看到更多的草和树木。有人以为草和草是一样的，看一眼就感到单调。然而每一株草都不一样，像人和人不一样。抱团的草，从石缝里长出的孤单的草，长在高处和低洼地的草，像草书一样斑斓多姿，姿态出人意料。它们推掌踢腿，恣意妄为。我甚至盼望在路旁生锈的废钢筋身上长出一簇绿草，那才是生命的奇迹。

草在旷野上长得很平，走上去则是坑坑洼洼。在草地行走要低着头选路，看到暴露在地面的树根、灌入汽泡的薄冰、刚刚出世的昆虫和像白石灰水一样溅开的鸟粪。我知道自己像一个丢了东西在地面寻找的人。我心里一定是丢了许多东西，想在这里找回来。这里不光有荒草和泥土，还有我需要的东西，尽管我不知道那是什么东西。它们正踩着我的目光所搭的梯子走进我的心里。我欢迎所有旷野的、荒凉的、被人遗弃的、不知名因而不尊贵的东西在我心里安家，心比院子还大。

你看到野草荒凉，是因为它们身边没有它不需要的高楼、道路和集市，那是人赖以生存的条件。草拥有万物的根基——土地。草抱团生长，它们不孤单。悲秋的人秋天看到草地枯黄，为它们的凋谢伤忧，以为草完活了。然而，青草在春天冒芽，从枯草的根里长出新绿。人想错了，草根本不会死，它活得也许比人类还长。如果没有火灾和人类的砍伐，所有的树木都比人长寿。草看人看到了孤单和荒凉，人穿着奇怪的衣服在旷野里行走显得没有任何本领，而所有草都裸露着绿色的身体。是的，人的本领要借助团体或网络。人冷热不宜，无法在旷野里站立一个冬天。孤立的人不通晓风的信息和土地的信息，如果他们出现在大地上，与周围格格不入。树木、云彩与河流都不是他的同类。在花朵、小鸟和青草面前，人显出丑陋，他们失去了自然赋予的美又创造不出新的美，他们的美丑观念只通行于人的文化，与天地无关。孤单的人在旷野里行走，坑坑洼洼的地面和树枝让他的手脚都不方便，飞鸟从头顶飞过，甲虫往树枝上端爬行。这些事让人感到茫然。

第三章

河流

以乐曲譬喻，

长江是庄重浑浊的无标题交响曲，

黄河是民乐齐奏《万马奔腾》。

楠溪江则如一支竹笛独奏曲，

静远虚无，音符里带着涟漪，声声滴翠。

南方的河流

南方的河流平缓饱满，小雨像丝网一样漂在河的表面，河把它们运到不下雨的地方。

南方灰白色的河流驶过吃水线很高的运沙船，沉重的船体移动，仿佛时刻在爬坡，河水的表情愈加灰白。谁都能看出河水比船更疲惫。

远眺南方的河流，它如同刚刚解下围裙，拾完柴草、喂过猪、做熟了饭的母亲。疲惫的南方河流，每每驶过货轮和运沙船。

南方河流众多。在多山的南方，河流自古已是道路。马蹄虽未踏过，拥挤的船舶磨白了河流。它们没时间看天，也抓不住河底的水草，唯有沉默流淌。

南方的河流一如蚌壳色的大地悄悄移动，这块地不长稻子和杂草，只有瓦楞似的波纹和船的村落。

船开往天际。南方的天际融化了地平线，仿佛河水在天际走散了，河流成了天际的尾巴。南方的鸟儿名字叫鸥、叫鹭，长着长长的脚，随着河流游荡。

南方的河流子女众多。多如牛毛的小溪从山里渗透大河。溪水在山里像儿童一样清澈，进入河流就老了。它们过早投身劳作，肩扛货船，手挑鱼虾。溪流进入河流之后开始寡言，它们听不懂彼此的方言，南方的方言比树上的枝杈还多。

南方人在陆地上仗没打够，把仗打到江上，草船借箭，火烧连营。人类脖子二根筋，河流脖子一根筋。河流没办法抬头辩识打仗的人和船头的旌旗。后来听到战鼓息了，呐喊息了，落入水下的箭镞长出绿毛。

河跟鸟兽一样在夜晚休息。南方的河流用月光洗自己的布衫。千里月光洗千里河衣，万里月光洗万里身体。南方河流的手足上全是泥巴，脊背长满老茧。月光倾水、一摇一顿，河流白一点又白了一点，松开皱纹，而后休息，一梦出了洞庭。

渔舟唱晚唱南方河流之晚。唱歌人头戴斗笠、身披蓑衣。南方的方言音调繁复，融汇了水车、江鸟、猿与山鬼的音调，咿咿呀呀。渔歌更像鱼歌，渊深幽远，如水草漂荡河面。

南方的河流为五谷奉献奶水，南方种两季和三季稻谷，河和河的子孙哺育稻和稻的子孙。稻子开花了，稻田滚过南方河流的浪花。两湖两广的大米里藏着南方江河的气味。白帆其实不白，河流缓缓而流，云母色的南方天空下面只有油菜花鲜明晃眼。

南方多雨的河流培植的竹子吹出玲珑的笛子曲，南方多鸟的河流倒映海螺似的青山，南方鱼虾丰盛的河流把村庄哺育成水乡，南方驮着竹筏的河流淘洗白腴的月亮。南方的河流古代叫水，如今叫江。在长江和珠江的出海口，南方的河流汇入大海，我替它们庆幸，它们终于可以歇歇了。

夜的河

夜的河边，像听见许多人说话，含糊低语变成咕噜咕噜的喧哗。河在夜里话多，它见到石头、水草都要说说话，伸手拍打几下。漆黑的夜里，看不清河水，月色没给涟漪镶上银边。河水哗哗走，却见不到它们的腿。

站在岸边，你不相信前面有一条河，不知道是什么在流。星星太少，在天空聚不拢光，照不见河水窜行的脊背。鸟儿拉长声鸣啼，见不到它飞。

夜只是对人类视网膜的蒙蔽，却打开了动物的视窗。人与动物的视觉感光细胞不同，所谓“漆黑”的夜，在狼看来如蓝色的清晨，在猫看来是蜜色的黄昏，万物清晰柔和，只有人和鸟类（猫头鹰除外）的眼睛被夜遮蔽了。上帝让人和鸟在夜里失去视觉力，是收束了你的能力，让你歇息，让另外的种群开始生活。没想到，人类在爱迪生的带领下发明了电灯，在富兰克林的带领下发现了电并贮藏了电，诞生了不夜城，糖尿病、失眠症和高血压症也随之诞生。人类要为他们发明的每一样东西付出成本，一般说由后代为前辈付出成本，包括医疗费和性命。

河在夜里潜行，步伐越来越快。河无须看路，路在一切地方。水流不怕石头，不怕灌木和岸上的狼。水啥都不怕，它既分散又聚拢，谁都分不开水，水剩到最后一滴也抱成团。

乌云在天边垒出黑堡，在远方阻挡河流。世上没一件东西能挡住河，河曲折但不投降，河断流但不往回流。小河投身大河最终汇入海，水库和大坝都截不住河流。河水卑下，河水清澈或混浊，河水浑身是土，却像青草一样繁盛，像民主高于城墙。夜的河漂过许多人的梦，河水用黑缎子把这些梦包起来送到远方。河水在夜里跟水草拉手，和夜鸟微笑，河在夜里看一切比白天更清楚。所谓阳光并不能照亮一切地方，它留下的阴影和它照亮的东西一样多。夜袒露所有地方，甲虫在灌木下面爬行，枯叶的背后藏着一只褐色的蝴蝶，鸟窝建在树顶。夜不想遮掩什么，夜也遮掩不了什么，夜比白天更广大。

河在一个时辰游出了乌云的地带，星光在头顶闪亮。晴朗的夜空是景泰蓝的花园，这么蓝，天空舍不得在蓝上镶嵌太多星星，只镶了百分之一，如同表盘的标记。这些蓝渐渐融化——夜色也会融化，天空在黎明泛白，是因为蓝融化于大地，主要化在海里——像蓝冰涣散，慢慢堆在河中间，包裹了许多星星。星星在夜的河里洗澡，周围的河水发送白光，后来变成了灯笼，鱼儿穿行。夜色在河里越积越多，让河水慢下来。夜的河驮着越来越淡的景泰蓝缓缓流淌，天快亮了。每到这个时候，河水都要在脖子上系一条玫瑰红的纱巾，再披一条金缎带。黎明跳进河里喧闹，天大亮，河水流得宁静如常。

河流的腰

我路过的地方是这条河流的腰。水流优美地向河心拐过去，剩下一大片开阔地，是腰闪出的地方。

河比天空和大地更有人间的气味。

河流束腰的地方，岸更高，长在上面的高粱仿佛举着石榴的籽，高粱的叶子在风中暗斗，刷刷响，谁也不服谁。

河有一百种表情，皱眉是急流，沉思则缓涌。最静的时候，河面落一根羽毛都会起纹，像镜子一样亮，但比镜子柔软。这时的河如早上刚刚醒来的儿童。儿童看世界，无分别心，世上没有他们不接纳的事物。儿童眼里的事物没有好坏，只有已知与未知。儿童进入世界唯一的路叫作好奇，像这条河，不停地流，只为探索，去没去过的地方，去知。

河一辈子都在水里。河生于雨，生于泉，生于玻璃窗上的哈气，生于草叶的露珠，生于牛马厩的尿，晚年流入海里。

河流归海，是惯常的说法。但如果河水分成滴，有多少滴流不进海？进海的水滴是少数，就像得道的人是少数。大部分水被骄阳蒸发了，被泥土绊住了后腿。好在水滴不死，结为冰雪也没冻死。水好就好在死不了，它们比谁都擅长转世，蒸发、下降、流动，循环在天空和大地的血管里。谁能想到，水永生，它们淹死别人，却淹不死自己。谁也别想把水烧死，水反过来浇灭火。这是老子赞美过的水，淹不死冻不死的水。虽然从医学说，人体 90% 是水，但人仍然不是水。人身体除水分之外 10% 的肉决定了人的弱处，既烧得坏（脂肪可燃）又淹得死（肺不应），还怕冻。

水有许多名字，河、海、江、洋，多了，翻字典带三滴水旁的字众多，都跟水有关，证明水的势力大。

水在河里的时候，名字叫河。天下的河太多了，名字也多，好名破名都有。我听过裤裆河、狗咬河、狼不来河的河名，这名差不多在骂河。河也有好名，桑干河与汾河，听上去都好听。人认为，河的名字永远代表这条河，然而“这个河”早没了，一眨眼就流出十米。桑干河怎么会永远是桑干河呢？人所说的桑干河早流走了，汾河、淮河、剪子河、灯笼河也早流走了。但是，原来的河水流没了再起新名也不方便。叫什么好呢？谁来起名，谁传播这个名呢？最可叹，河刚起新名，水又流跑了。我觉得，天下河流不必起这么多的名，起一个不妨全国通用，叫“流河”或“淌河”，或“水的河”，朴实准确。

河的腰是这样的细，让减肥的女子羡慕。河的颈子、河的脸庞、河的胸都在河里。小鸟们知道河的容颜四肢在哪里，从天空上看到的。河水日流夜流，而我坐火车飞机看到许多处于盛水期的河套，种满了庄稼，早没水了。河的腰没了，变成蠢汉的肚子。

公无渡河

月亮尝试渡河，却迟迟停在河水中央。河里比天上更惬意，像坐上了一个笸箩，摇摇晃晃。月亮在河心显出白净，这也是它不愿渡到对岸的原因。河水一波一波地淘洗，不白也白了。河里的月亮像把着白云的门框照镜子。照镜子感觉时间过得好快，当月亮不白了，天色一点点亮起来时，月亮才想起所谓黑夜即将过去，但它还没过河。它记得要看一看对岸的柳树，看散乱的柳丝下面鱼群的动静。

桃花往河里跑，岸上的桃树争相把花枝伸向水面。枝头河上，生出两重桃花的繁复。风路过桃花林放慢脚步，怕触落花瓣，屏住呼吸穿过花的枝头。风不懂，它走过哪儿都是风，像雨走到哪里都是水滴。桃花仍从风的身影里纷纷坠落，漂在水上渡河。风不知如何是好，把花瓣捡起送回枝头，但捡不过来，随它去吧。风用扫帚把树下的花瓣扫入河水，桃花坐着自己的船。豆粒大的桃花翻身落进水里，瓣瓣都是小舟。桃花还没坐过船，如今坐上了自己的船。何止船？桃花没见过白云，没见过青草。更没渡过春水。春天的小河静静地流，看上去几乎不流。多看一会儿，河上的浮冰划破柳树静止的倒影。桃花不知向何处去，满世界都有逛头。桃花觉出两岸后缩，如被两挂大车拉动，岸上的桃树被车拉走，唯水不动。对岸好，栽着比草更矮小的桃树，枝上仍开着看不清的小桃花。桃树间穿插柳树，以绿枝打扫什么。渡河为桃花所愿，可是不知怎样渡到对岸。一条木船往对岸开。艄公把橹一头系在船首，一头在河里搅动，船径直开过去，在视野里越发缩小。桃花才知这个世界的景观是越远越小，小山、小桥都摆在远处，而桃花离母树越发远了。渡过了两个渡口。它的头顶尽是柳枝，柳枝伸手打捞路过的花瓣。

鸟儿渡河。鸟儿被滚滚的流水吸引，它觉得水去的地方一定是个好地方，否则它们不会这么匆匆忙忙。鸟儿飞临河的上空，看出河水在追赶前面的浪头，掐它们的脖子掩埋它们。河水下面如同有一口大锅，把水烧得跳起来。小鸟顺河的流向飞行，看到河面比大地平坦，前方是银色，后方也是银色，鸟儿像一只河流所放的小黑风筝。鸟儿累了，到对岸的草地上休息，在河边走一走，看河水什么时候停下来休息。河不会停，像天空的云彩停不下来，它们身上都安着永动机。

马渡河如一场搏斗，双蹄踏浪，而浪涛兜头涌来，想把马淹没。马踏浪如踏在无鳞的龙背上，以蹄为刀剑，杀开一条无底的路。在水里，看得出马与河俱怒气冲冲，它们搏杀，打碎多少浪花的盔甲。马的长鬃沾水，肌肉紧张，昂起的脖子血管偾张。马游到对岸，河水也静了，对手与对手互致敬意。马理解不了河水的力量，不知它暗中想把自己推到什么地方。马的归宿是草原，它在山麓静立，等黄昏降临属于马的时光。马畏水。在水里，所有的生物都要随波逐流，水里没有马的自由，没有被风卷起鬃发的豪迈。

天空上，银河是夜晚才流淌的河流，流不尽，也不入海，天上没有海。在人的视野里，海于天际同天空会合，但海还是没融入天空。

借着天空的蓝，海造出更蓝的、动荡的水面。白日里，云的队伍宛如一条河——如果它们不是乌云，如果在天边站成一长溜——淹没山峰。云朵俯察大地的河流生出羡慕，那是如镜的、有浪花且有帆船的水流。河水流淌得比云朵更沉静，而且从来不像云那样走走停停。云想渡河，却怕它的丝绵入水后沉入河底。云练习像河那样蜿蜒流淌却学不会，小云在蜿蜒中从云层掉队，成为孤立的蚌。云在天上渡河，它看到自己的影子轻捷地划过河面，云反复渡河不能止休。在河边，有大片的云朵排队，它们等待一朵一朵地渡河，坐上它们想象的缆车。

乐府诗云，朝鲜的白首狂夫欲渡滔滔之河，妻子扯衣断襟，苦劝不成，狂夫坠河溺死。其妻手拨箜篌出悲声，歌曰:“公无渡河，公竟渡河。”此歌不径而走，由汉至唐。李贺诗:“公乎公乎其奈居，被发奔流竟何如。”李白诗:“被发之叟狂而痴，清晨临流欲奚为。旁人不惜妻止之，公无渡河苦渡之。”这是一个谜，他们一直在猜狂夫为什么渡河。如果没有“公无渡河”这首歌，如果“公无渡河”这句汉代的口语说的不是这么蹊跷，就没人猜他入河的原因。古往今来，河流一直是动物和人类的隐蔽的坟场，尽管它滑如琉璃，鸥鸟翔集，它是许多人和事的终点。

河流没有影子

白桦树和黑榆树有同样黑色的影子。我把两朵粉色的牵牛花扣在眼睛上，看东西一律是粉红，但它们也有影子，像酒盅一样。

鸟的影子难得一见，它的影子从房檐掠过去，像窜过一条蛇。它的影子在飞翔中消逝得那么快，那也是影子。

云的衣衫有一些透明，因而它的影子如同树林的阴凉。站在山顶上看云的影子，大的占几亩地。这么大的云彩的影子笨拙地移动，好像要搬走地上的庄稼，搬不走，它自己慢慢走了。

让每一样东西拖着黑色的影子是太阳的意思，喻示一切事物终将消失，除非它没有影子。

只有河水没有影子，因为它透明。水可蒸发为云，可渗地成河，水可无限分割又瞬间接合。水的影子是冰雪，而冰雪消融又回归于水。只有水不死。

在早上的光线里，螳螂的影子被放大好几倍，像是钢铁制造的侠士。它正在欣赏自己的影子，它没想到自己的爪牙一夜长到这么大，更适合穷兵黩武。在江南，比一丛乱竹更潇洒的是一窗竹影。郑板桥说，他的竹是对着粉壁墙竹影描下来的。郑画的竹子笔墨平平，妖气重，和他作派一致。

前面说没有影子的只有河流，大凡透明之物，均无影。人也如此，心里空了，就没有好事坏事的影子，如同河水留不下浪涛的影子。透明的人如同一只手不分手心手背，是一团混沌，无抓亦无放。透明的人或物不阻挡阳光，阳光从他（它）们的身体穿过，顺便带走了烦恼。

人的影子在地面或长或短，或胖或瘦，物理学说这是由太阳与地球的位置造成的，我以为这恰恰是一个譬喻。早上，影子往西方拉长，如人之童年，喻示未来的岁月尚多。影子在中午伏在脚下，说盛年阳光最旺，阴影躲了起来。傍晚的影子又长了，但长的是已经度过的岁月而非未来，步入老年。

世上看不到红影子、绿影子，影子不是色彩，是暗地里的轮廓。影子无白色，白纸的影子也不是白色。影子不经你同意量出你的长宽高，放在地上，告诉你不过是你。就影子而言，你和别人并没有两样，高贵、典雅、妖娆这些词对影子用不上。下雨天，雨冲走了人与物的影子。雪天，人和墙头小鸟的影子格外黑，远方积雪山峰的影子反射蓝光。

黑夜是地球的巨大阴影，这影子深邃稠密，把所有的事物归纳为黑。人在黑夜里睡眠，孩子的身体在黑夜中生长，黑夜缔造了一个独特的世界。在地球的影子里，万物看到了别样的光亮，这就是星星和月亮的光。人对黑夜的光寄寓美和期盼，星光喻示前路微茫，月光寄托相思千里。万物在地球的影子里享受一夜和每一夜，而昆虫和动物在夜里开始它们正规的生活。夜，不过是影子，如同一株草身后的影子。事实上，一粒沙的影子也可以创造像夜这么大的黑暗，只不过沙的空间与地球不一样，而空间与时间不过是人造的观念，方便自己记录地点、年龄和自己所做未做的事情。他们把时间称为光阴，光为昼，阴为夜，说的是光和它的影子。

蛇没有影子，它匍匐在地，盖住了自己的影子。雨滴没有影子，它降落得太快，人看不清它们的影子。火没有影子，它和阳光一样炽热。死去的人没有影子，他们终于甩掉了影子长眠于地下。歌声的影子是它的回声，人心的影子是他们的记忆。有人不为当下生活，靠记忆的影子生活。所有的记忆——不管好还是不好的记忆——终将变为影子。影子乃虚无，只是人们看不穿这一点罢了。

楠溪江

楠溪江是树状水系，如一张翡翠的网，包络着永嘉的大地。坐在竹排泛流，像坐上了安轮子的车在碧玉上滑行。江水深绿，比鸭绿江还绿，低头看江，却清澈，不是藻绿。

在这里拍下的照片不像真的——金黄的竹排在江上游弋，水面像铺了一层翠绿的树叶子。我坐在竹筏前面的小竹凳上，碧水分流而过。清幽啊，似魏晋时代的景物。我虽没在魏晋待过，却觉得魏晋山水大约如此。撑篙的船老大 70 多岁，草鞋系了一朵红绒球。而别的船夫只穿塑料拖鞋。红绒球随船老大撑篙簌簌微动，非英雄不能如此。他祖上一定是将军，说不定就是桓温。这更让我相信楠溪江从古代流过来，今朝见到是偏得。事实上，所有的江都从古代流过来，有的被 GDP 害成了毒江或臭水沟，楠溪江侥幸在青山绿树之间荡漾。

以乐曲譬喻，长江是庄重浑浊的无标题交响曲，黄河是民乐齐奏《万马奔腾》，楠溪江则如一支竹笛独奏曲，静远虚无，音符里带着涟漪，声声滴翠。在楠溪江上漫游，时间改变了行走的样式，你觉得钟表的时针、分针的手脚缩了回去，时间变成了一个古老的磨盘，它慢慢地转，由人工推着行进。

楠溪江两岸皆山。江水并非在山谷蜿行，是山从江边长出来。山和江水有一样的碧绿，仿佛是水体的结晶堆成山。山与水在永嘉呼应一体，均清悠旷远。

楠溪江有许许多多的支流，像树叶张开的脉络。能每一个支流走一下才好，穿上救生衣，把楠溪江的水走遍是一项能力。古人就是这么走的，这样的行旅可跟山水更深结缘，跟野花、小猴和鸟儿们结缘。时间虽长一些，却能够真正走入山水怀抱。在楠溪江，一切都慢了下来，适宜做一些更慢的事情。譬如迷路，涕泗中被同伴找到；譬如被无毒的小蛇咬了一口；譬如被猴子抢走帽子和相机；譬如在山涧里发现之前大财主埋藏的珠宝，翡翠手镯七八只，袁大头不计其数。

此地山的样子奇崛茂朴，或藏有唐宋元明清以来的好东西，包括刀剑碑帖。说不定还有谢灵运留下的山水诗全集刻本或其他神秘的东西。谢家是大户，世代有钱。这些钱干吗呢？不会去杭州买房，杭州（余杭郡）那时还很小，就像北京人不会去邯郸买房一样，他把钱换成了珍宝，传给儿孙。逢战乱，谢氏子孙把珍宝藏进山里，因为那时没有银行保险箱。越看山，越觉得山上遍布永嘉历代名人所藏的好东西。我问草鞋系红绒球的船老大：“这山好上吗？”

“这山根本上不去。”他答，分明是怕珠宝被外人起获。

“药农也上不去吗？”

“现在药农也不让上了，封山。”

原来是这样，永嘉可以成为全国文物保护模范县。

竹筏慢悠悠漂浮，水面如大块的绿冰，些微涟漪才使它像水，飞鸟在水面投下一瞬而逝的影子又使它像无尘的冰。滑冰运动员到这里一定有滑几圈的冲动。在我们游历的这个下午，山里无风却凉意沁人。竹筏行进时，两岸山林的鸟雀发出欢呼声，我愉快地向它们挥手致意。它们继续热烈呼喊。我只见树木，看不到鸟儿，但它们看得到我。小鸟跻身密密麻麻的树叶后面扯着嗓子高唱，气氛感人。

“莫摆手了，喂猴的人进山才摆手。一会儿猴都下来了，你没带吃的东西，猴会发脾气。”船老大说。

“发脾气怎样？”我问。

“猴把你身上衣服剥下来撕成条，把烂泥丢在你脸上，把你墨镜抢过来它自己戴上。去年，一只猴把警察的帽子抢下来戴上，坐在山崖上，好滑稽的。”

我放下手，挥手时我心里想的是三军仪仗队而不是猴，尽管仪仗队的人也是由猴进化的。鸟还在呼喊，像无数人在集市里高声讲价。鸟会有这么多话要说吗？我记得小鸟是半天才说一句话的，像梦话。但这里鸟多，鸟们对树，对青山和碧绿的江水有讲不完的话。它们怕别的鸟没听清自己说的话，重复多遍。而别的鸟也在重复刚才说的话，聋子对话就这样。

上岸，我们到村里转转，到林里转转，到山脚下转转，与村民、牛犊、母鸡、鸭子和房子合影留念，返回。我还坐原来的竹筏上，草鞋的红绒球仍然微颤。太阳落山了，晚霞在群山之上奔走厮杀，血流满地，几颗亮星躲在仍然蔚蓝的天际观望。夕阳把山巅烧成了漆黑的焦土，掩埋了云的旌旗与城堡。天际平静之后，墨一样黑的山峦全都戴上金红的斗笠，剩余的金光铺洒在楠溪江上。江上的深绿隐退了，代之金红。夕阳摊在水面比天边更红，仿佛有一层薄薄的火苗在悄悄燃烧。鸟雀对此大为惊奇，噪声更甚。船老大一下一下撑着篙竿、竹排行进无声。我坐着，船老大站着，暮色宽阔的翅膀遮住了江面，他草鞋的绒球变成模糊的黑球，像从炭火里扒出来的土豆。

河在河的远方

对河来说，自来水只是一些稚嫩的婴儿。不，不能这么说，自来水是怯生生的，是带着消毒气味的城里人。它们从没见过河。河是什么？用“什么”来问河，什么也得不到。河是对世间美景毫无留恋的智者，什么都不会让河流停下脚步，哪怕是一分钟。河最像时间。这么说，时间穿着水的衣衫从大地走过。这件衣衫里面包裹着鱼、草和泥的秘密，衣领上插着帆，流向了时间。

河流览历深广。它分出一些子孙缔造粮食，看马领着孩子俯身饮水。落日在傍晚把河流烧成通红的铁条。河流走到哪里，空中都有水鸟追随。水鸟以为，河一直走到一个最好的地方。

天下哪有什么好地方，河流到达陌生的远方。你从河水流淌的方向往前看，会觉得那里不值得去，荒蛮，有砂砾，可能寸草不生。河一路走过，甚至没时间解释为什么来到这里。茂林修竹的清幽之地，乱石如斗的僻远之乡，都是河的远方。凡是时间要去的地方，都是河流的地方。

河流也会疲倦，在村头歇一歇，看光屁股的顽童捉泥鳅、打水仗。河流在月夜追想往昔，像连续行军几天几夜的士兵，一边走一边睡觉。它伤感自己一路上收留了太多的儿女，鱼、虾、禽鸟乃至泥沙，也说不好它们走入大海之后的命运。也许到明天，到一处戈壁的故道，河水断流。那是一个无人知晓的地方，河流被埋藏。而河流从一开始就意气决绝，断流之地就是故乡。

河的辞典里只有两个字：远方。远方不一定富庶，不一定安适，不一定雄阔。它只是你要去的地方，是明日到达之处，是下一站，是下一站的远方。

常常的，我们在远方看到河流，河流看到我们之后又去远方。如果告诉别人河的去向，只好说，河在河的远方。

黑河白水

北地，当白雪覆盖河岸的时候，黑色的河流深缓流过。这么冷了，我不知道它为什么不结冻，袅袅升腾白雾。这的确是一条黑河，凝重而坚定地前进，虽然并不宽也不激壮。在冰雪世界，任何有动感的事物都令人感动，况且是一条河流。

这样一条黑水流淌着，在白雪的夹裹下充满苍郁，让观看的人心软了，坐下来叹息。而所谓“白水”，也难见。德富芦花称：“日暮水白，两岸昏黑。秋虫夹河齐鸣，时有鲻鱼高跳，画出银白水纹。”水白不易见，水清与水混则常见。对“水白”之景，我曾困惑过，后来在回忆中想起来了。的确是在“两岸昏黑”之时，天几乎黑透了，穹庐却还透散澄明的天光，无月之夜，星斗密密甫出，河岸的树林与草丛织入昏暝里，罩着虫鸣。这时，河水漂白如练，柔漾而来。在远处看，倘站在山头，眼里分明是一条曲折的白水。

雪中的黑河像一群带镣的囚徒，水流迟滞，对天对地均含悲愤。像弦乐低音部演奏《出埃及记》。雪花穿梭而落，却降不进河里。人不禁要皱着眉思索，漫天皆白之中，这条黑河要流到什么地方去呢？这是在初冬，雪下得早。若是数九之后，此地所有的河流都封冻了。

观白水，如静听中国的古琴，曲目如《广陵散》。在星夜密树间，白水空蒙机灵，如同私奔的快乐的女人。白水上难见波纹，因为光暗的缘故。这时，倘掷石入水，波纹扩充，似乎很合适。在此夜，宜思乡，宜检旧事，宜揣测种种放浪经历。如同站在缓重的黑河前，应有报仇雪恨之想。

黑河与白水，我是在故乡赤峰见到的。他乡非无，而在我却失去了徜徉村野的际遇。人生真是短了，平生能看到几次黑河与白水呢，虽然这只是一条普通的河上的景色。

黑河境内的黑龙江

我住在酒店8楼。楼下每天传来循环往复的女声广播——“黑龙江是我国第三大河流，俄罗斯人叫它阿穆尔河，蒙古人叫它哈拉木伦河，赶快上船吧！”

我想下楼告诉这个女人，阿穆尔河是蒙古语，不是俄语。西伯利亚的许多地名是蒙古语，如贝加尔、乌兰乌德、阿巴甘等。但我不想跟这个女人争论，她言说的核心是“赶快上船吧！”声音在风中缥缈，听上去像“赶快上床吧”，催人早睡早起。

“黑龙江是我国第三大河流……”从窗外传来时，我可能在睡觉（凌晨）或准备睡觉（夜晚），闻此言马上窜至窗台前观望我国第三大河流，一日无数次。大江丰满，大江从来不会急急忙忙。以黑龙江的宽阔而言，天际的云朵似乎只是它的陪衬。我看到，凌晨3点半开始，云朵就站立黑龙江两厢的天空，为它让道。黑龙江这时分应该叫白龙江，俄罗斯人应该叫它白穆尔河。江面如鲫鱼肚子一样银白。5点钟，这条肚子透出一些玉石般的微青，天上潦草的云朵挂上一些微红。如染色时代的照片那样浅而艳。我住8楼，江水不让我看到波浪，它也没什么波浪。成千上万吨的水流淌在平缓的河床里，要浪干什么？江的对面是我们的邻居俄罗斯。他们把中国原有的城市海兰泡改名为布拉戈维申斯克（报喜城）。当年，他们在城里的东正教堂放置了一座报喜圣母像，尔后改了城市的名字。这些人把中国原住民的辫子系在一起往江里赶，不从者被哥萨克用长柄斧子砍死。

如今，对面的城市有了繁忙的码头，七八座吊车日夜忙碌。夜里，这座城市最高、最亮的楼房是中国人建造的五星级饭店，号称远东第一高楼。黑龙江是一条界河，收集着两岸不同的文化和历史。早上，从高楼上一眼望到对岸的土地，感到很近，近里又透着陌生。我早上、中午、晚上和夜里从我的窗户为江照相。画面上有这边的沿江公园，母亲塑像。在不同光线下，江水青碧、灰白、宝蓝，还有一种洋铁皮色。深夜里，黑龙江和它的名字最为吻合，江水完全漆黑。江里如果有龙也一定是黑龙而非黄龙。江上过船，船头两盏大灯亮起，好似我家黑猫飞龙的大黄眼睛。

黑河的江边公园是我在此地的最爱。自天亮开始，江边公园就布满人群，散步的、跑步的、打拳的、踢毽的，花花绿绿的衣装把江边打扮的比花圃还鲜艳。人们欢愉的表情仿佛说黑河是最幸福的地方。我想，如果哪个地方在江边建城市，如果江堤足够高，不妨把所有房子全建在江边，绵延一百里，让老百姓家家都高兴。我跑步，从港务局码头跑起，经过母亲塑像和十几座纯铜的狗熊雕像，一直跑到高架桥，全长3.1公里，往返6公里。跑步中，一边是江，一边是绿地，心旷神怡。人在跑，江水在身旁默默地流，如同你的脚步与时光被江水流走了。想到人跑步不过区区6公里，而江水日夜倾流，不知疲倦，人显得太软弱无力了。中苏交恶时，一天夜里，两岸边防军开亮探照灯，机枪嘎嘎扫射结冰的江面。双方都以为对方有人偷渡。事实上，是一只狗在冰上追一只狐狸。如今两岸祥和了，连江流的样子看上去都祥和，不疾不徐。跑完步，我一边落汗，一边看四外风景，有趣的是游泳的人。

黑河人管游泳叫洗澡。早晨，江边走来如海豹一般浑圆、光着膀子的游泳人。“洗去？”别人打招呼。“洗去！”海豹晃晃手里的毛巾。这些游泳人三五个一堆，衣服脱一起，下江。在黑龙江游泳，无论怎么游都被江水推着走。他们下江后，从几百米外的下游上岸，走回原地再下江。人在江里，只露个小脑瓜，实在比海鸥还渺小。

一天早上，我遇到暴风雨。我有一篇文章的题目叫“夜空里栽满闪电的森林”，放在那天早上才恰当。天色忽暗，闪电从天空伸脚到江中。江水起了波涛。北面的天空却露出半片蓝天，照得杨树叶子明晃晃地翠绿。江边栽种的小花簌簌发抖，花瓣如同不会飞的小鸟扇动翅膀。雷声从俄罗斯传到中国，又从中国传到对岸报喜去了。突然，江面像撒石子一样砸下一片雨点，像追着波涛砸。雷雨的闹腾刚开始，却突然休止，头顶迅速换上了蓝天，好像刚才的雷雨跟这块天一点关系都没有，比话剧团换背景、道具都快。我接着跑步，想起美国诗人查尔斯·赖特的诗：“从蓝岭的另一侧／九月的猛雷布下了预攻的炮火／云黑下来，一层暗似一层／闪电炮口的火焰／灼烧乌云的心脏／风景一寸一寸地／敞开”赖特描写的与刚才发生的景色十分相像，好像他也来过黑河或者报喜斯克。

夜 游

走进夜的水边，犹如闯入它的梦境。手的任何一个动作，不管多轻，都会弄破湖心的月亮。月亮摇啊摇，接驳碎片，复原，又破了。

夜里水暖，和一般人想的不同。夜里习水，最妙处在收听水声：哗啦，哗啦，温润清婉，如歌声。游着，停下四望，树林如土地的睫毛，密密尖耸；山比白天似乎退后，又矮了一些。天地间只有一弯水，清虚似雾。其时，吾等大放其声，咦之吁之，声音贴水皮不知所终。

泳过，我们到高崖坐望。有人提议，夜半无人，何如裸之？想了想，谁也没裸之，慎独。崖上看湖，人被天地大美震慑，像后来看到的东山魁夷的画，真的美寓形于静。静者，何止无声？江淹赋曰："明月白露，光阴往来。"远望，天浅而水深，风把水的气息吹到脸上。月魄出窍，在水里洗得花白，一荡一漾。时间仿佛已经退场，这时，人偏偏想起时间。时间在哪儿？山水凝固，时间无处可以藏身。人突兀地想起昨日和明天，均无语，体味"光阴往来"。

若讲雄浑，大水比山更胜。山的气象在表，水的阔大藏在里边。水库方圆 50 多里，此际无风无浪，是一番不着痕迹的大气象。这气象又和周遭的所有都沾着边儿，不光黛山和暗林，连草叶露水乃至虫鸣都和一湖水有了关系，为它接纳而共生。

我们上岸，是为水声月影感到不妥。坐而看水观云比“哗啦啦”更好。云在月夜穿行，可知什么叫“关山飞渡”。天的深远被湖水吸纳，唯剩空寂。月，距天远而离湖近，云彩的速度比白天加快，可能怕飞慢了掉到水中。云的队伍从月亮的上方和下方越过，可惜没在水上留下身影。云边有月光镶嵌，看着更满。浓云如俯冲的黑鹰。那些不均匀的云朵，像被人蹬出了窟窿的棉胎，散乱着，也飞过了天际。

我们坐着，不游泳，也不想回去，不再耽念夜行的兔子和蜥蜴，用现在的话说，“心灵被净化”了。当然，心灵第二天又恢复了原本的样子。

返回时，我们拎鞋光脚在草地中白花花的小路上走，不时惊起青蛙飞跃。回头看水库之水，一点点平了，月亮被拉长，最后变成一道粼粼的白光，竖在中央。

河流里没有一滴多余的水

从质地上说，花瓣是什么？它比绸子还柔软，像水一样娇嫩。雨后的山坡上，如果看到一朵花，像见到一个刚睡醒的婴儿，像门口站着一个被雨淋湿的小姑娘。花瓣的质地，用语言形容不出来。而它的鲜艳，我们只好说它像花朵一样鲜艳。无论是小黄花、小白花都纯洁鲜艳。花能从一株卑微的草里生长出来，人却不能，连描述一下的能力都缺乏。

从性格说，马比人勇敢，而性情比人温和。马赴战场厮杀，爆炸轰鸣不会让它停下来，见了血也不躲闪。冰雪、高山和河流都不会阻挡马的脚步。它的眼睛晶莹，看着远方。把勇敢与温良结合一体，在人当中，可谓君子；在动物中，是马。我哥哥朝克巴特尔贫穷，却买了一匹良种马欣赏。他不让马拉车干活，也不骑。每天早上，朝克拎一桶清凉的井水，用棕刷子刷马，然后蹲下，咧着嘴对马笑。如果马吃糖，他一定给马买糖；如果马看电影，他会拉着马上城里看大片。朝克对马的感情，和城里人养宠物不一样，马是哥们儿，是朝克的偶像。马在天地间吃草漫游，用不着管马叫儿子，搂着睡觉。马影响爱马人的性情，使之“温而厉”。

从流动说，河水心里一定有巨大的喜悦，而后奔流不息。大河流动时的庄严，让人肃然起敬。它非在逃离，是前进。只有贝多芬的音乐能描述河流的节奏、力量和典雅。贝多芬的交响曲没有多余的音符，也没有乐器单独演奏，一切共进。而河流里也没有一滴多余的水，每滴水和其他的水密不可分，一起往前跑。河是巨大的家园，鱼在河里享受着比人更幸福的生活。夜晚，河流兜揽所有的星辰，边晃边亮。

从胸怀看，鸟比人更有理想。当迁徙的候鸟飞越喜马拉雅山的时候，雪崩不会让它惊慌。鸟在夜晚飞越大海，如果没有岛屿让它歇脚，它不让自己疲倦，一直飞。它不过是小小的生灵，却有无尚的勇气。

人的勇气、包容、纯洁和善良，本来是与生俱来的。在漫长的生活中，有一些丢失了，有一些被关在心底。把它们找回来，让它们长大，人生其实没什么艰难，每一寸光阴都有用。

河流日夜向两岸诀别

河流看到岸上的人，如同火车里的旅客所见的窗外的树，嗖就过去了。让河水记住一个人是徒劳的事情。河流像它的名字说的那样，一直在流。没听说哪个人的名字叫流，张流李流，他们做不到。河流甚至流进黑夜里，即使没有星星导航，它们也在默默地流，用手扶着两岸摸索前进。无月的黑夜，哗哗的水声传来，听不出它们朝哪个方向流。仿佛河水从四面八方涌来，流入一个井。

河留不住繁花胜景。岸上的桃花单薄羞怯，在光秃秃的天地里点染粉红。枝上的红与白星星点点，分不清是花骨朵还是花，但河已流走，留下的只是一个印象。印象如梦，说没发生过亦无不可。倘遇桃花林，那是长长的绯红，如轻纱，又如窝在山脚下浅粉色的雾气，同样逝去。马群过来喝水，河只看到它们俯首，不知到底喝没喝到水，河已走远。

河水流，它们忘记流了多少年。年的概念适合于人，如秋适合于草、春适合于花、朔望适合于潮汐。没有哪一种时间概念适合于河，年和春秋都不适合描述它的生命轨迹。河的轮回是石缝的水滴到山里的小溪再到大海的距离，跟花开花落无关。当年石缝里渗出的水跳下山崖只为好奇，它不知道有无数滴水出于好奇跳到崖下，汇成了小溪。

它们以为小溪只是一个游戏，巡山而已，与小鱼、蝌蚪捉迷藏。没承想，小溪下山，汇入了小河，小河与四面八方的河水汇合，流入浩浩荡荡的大河，它们知道这回玩大了，加入悲壮的旅程，走入不归路。

归是人类的足迹，恐田园将芜。河水没有家园，它只灌溉别人的家园。河的家在哪里？恐怕要说是大海，尽管它尚没见过海。如果把河比喻为人，它时时刻刻都在诀别，一一别过此生此世再也不会见到的景物。人看到门前的河水流过，它早已不是昨日的河水。今日河水与你也只有匆匆一瞥，走了。没有人为河送行，按说真应该为河送行。河水脉脉地、默默地，夜里则是墨墨地流过，无人送它一枝花。河有故乡吗？河只记得上游。上游是它的青年、少年和童年，而这一个当下它还在上游。下游有多远，不是五里地、十里地，那是天际，是可以流去的一切地方，那里不是空间，是时间。

佛法常常劝人想到死亡。死亡不光是一个生命的终结，还是一块磨石、一个巨大的譬喻、一面镜子或召唤，是集合地点和最真实的存在。如果“存在”这个词具备实在的含义，说的即是死亡。死亡蹲在遥远的天边，人一步一步叩拜它。事实上，它就在人的身边，和人一起到达天边。佛法认为死亡不光指生命，它还是别离。它是一瞬间离开我们的许许多多的东西，“死”这个词不便于四处应用，在佛经里的指代叫无常。如果不以肉体作生命的唯一，人与万物的死死生生从没有停歇过，生死不曾对立而在相互穿越，这里面不包括被贴上标签的“我”。佛法认知事物的第一道门槛是不让“我”入内，里面没有“我”的坐席。河水有我吗？正像河水不会死亡，干涸是蒸发与渗入泥土，而非死亡。水在河里不停翻转，水分子时时与其他水分子组合成波浪或镜子般的平面。浪涛一秒之后化为其他浪涛，只有势，而无形。无形的、透明的水，没有财产、家业、家乡，乃至没有五腑六脏的水在流动中永生。水没有记忆，没有历史欠账，没有荣辱，清浊冷暖、高下缓急对河流无所谓，它所有的只是一张长长的河床。

阳光每每给河水披上黎明的金纱，太阳落山之前到河里洗浴。河水如奔跑的野火，贯通大地。河水上飘过稻花之香、熟麦之香。河水给山洗脚，于高崖晾晒雪白的瀑布。河水每到一处记忆一处，记忆山包括山上的一朵小花。记录天上与水面的星座。河水深处，鱼群如木梳从河的肋边梳过，水草在河底盛开暗绿的花朵。河水告别了山顶的弯月，告别了软弱的炊烟，告别鸟群。此时牧童在河面写字，羊群用鼻子闻河水的气味。河流穿过桥梁为它搭建的凉棚，穿越容易迷路的沼泽。河水于宽大处沉睡、狭窄处唱歌，河水的前方差一点点就汇入天上的银河。河水每时每刻都与岸上的一切诀别，以微微的波浪……

河床开始回忆河流

大地上的河床像一个干瘪的口袋，粮食没了，口袋显出宽阔。我在各地见到许多干涸的河床，它们不是耕地、不是广场，是从天边延伸而来的河床，只是没有水。

所谓一无所有，说的正是河床。如果有，也只有一些鹅卵石。夏天，不长庄稼不长草的土地是干涸的河床。乍见白花花的河床，心里惊讶，它是什么？它几乎什么都不是。你能相信一个宽阔的河流竟然一滴水都没有吗？在雨后，在盛水期见到干涸的河床让人不安，无法想象当年这里曾经有过河，可以用汹涌、清澈、波浪和白帆形容的河，它竟然没了。

对大自然来说，河没了，比人丢了钱更痛苦。如果河没了，鱼和水鸟的家也没了。两岸的青草没了，倒映在河里的星星也没了，因为星星不能倒映在石头上。如果河没了，连同河床一起消失是最好的。没有水，留下的河床好像是伤疤，是一条长长的干鱼的尸体。是的，干涸的河床如同尸体。是谁的尸体？是河的尸体吗？没听说河竟然还有尸体，水干了，白花花的河底只能是河的尸体。

干涸的河床好像在回忆，它抱着不应该拥有的沉寂回忆涛声和蛙鸣。河床回忆什么是水，它不知道水流到了什么地方，也不知道水会不会再来。当年水来的时候匆匆忙忙走过河床，带来鱼虾和泥沙。水没等站稳脚跟歇息，就被后面的水挤走了，水比车站的人流更拥挤。河床从来没想过一条叫作河的水流会干涸，这种惊讶比一个朝代的更迭更让人吃惊。

河床的悲哀是一个母亲的悲哀，她的产床上已经没有了孩子，她还在等待，并且哭干了泪水。一家外媒报道，从卫星上观察，中国境内二十年前约有五万条河流，现在这些河流中已经失去了两三万条。有两万多个河床母亲失去了孩子，她们怀里空荡荡的，等待人类把孩子还给她们。

人说，人是无所不能的，起初我不相信。当我看到一条又一条干涸的河床时，我相信了这一点，并为自己作为人类的一分子而感歉疚。人把河都消灭了，还有什么做不到吗？消灭一条河比建造（请原谅我使用“建造”这个词，这完全是人类爱用的词，而河流无法建造）一条河更容易。把河流上游的树木和竹林砍光，草原沙化，河就死了，只剩下河床这条敛尸袋。

当大街上出现一个带刀痕的死人时，警察会为这个人的死因搜寻原因，曰侦查破案，人类为此发明了一个词叫“人命关天”。如果一条河死了，没人破案，没人痛哭，更没人祭奠。所以，当中国死去两三万条河流时，人们并没觉得失去什么，因为他们不是小鸟、不是青草。他们忍受气候变化并心安理得，却没一个人指认杀死河流的凶手。在所有的案件里，如果凶手不是一个人而是一个社会的时候，罪行自然会被赦免，我们都不是罪人。

我们都不是罪人，我们劝自己欢乐并制造更多的欢乐。我们保持人的正常情感。而河床敞开空荡荡的怀抱，她的孩子没有了，她以为人会惊讶，会替她找回孩子。先前的人类离不开河流，人类所谓的“文明史”都诞生于河流的两岸。看地图，人类的城市多建造于河边，中国有多少城市的名字带着水字边。古时候，人祭祀河、景仰河，后来竟杀死了河。人爱说“算你狠”，杀死河者，何止于狠，是把事做绝了。

我觉得人类应该派一个人到河边告诉河床，河已辞世，水利术语叫断流。他们理应为河床献上一些祭品表达歉意，河的消失毕竟算是大事。或者，他们在河边装一个高音喇叭，日夜播放河水流过的声音和鸟啼声。总之，人应该为河的陨灭略微表示一点态度。

第四章 节气

春分分开了土和树，

它们从一样的燥白的树木和泥土中分离出两种色彩。

杨树的白里透出了青，玉石那种青，树身比冬季光滑。

土地露出新鲜的黄颜色。雪化之后的泥土黝黑，

只比煤的黑色浅一些。

立　春

在赤峰，看不出立春是怎么立的，物候还在冬天的范畴里。登南山却不同，杨树的枝条透出玉石般的青白，枝条仿佛直了。枝条怎么能直了呢？是枝条水分多了？地还没化，水分何来？是枝条里钻进了一种神秘的东西，人称它为春。树管它叫什么呢？这是一种动的，可以叫作阳气的、膨胀的气氛吗？枝条里进驻气氛了，好像连语法都说不通，姑且这么说吧。杨树的枝条根根拔向天空，委实与冬日不一样。像一个没糊红纸的巨大的灯笼的竹骨。风如老鼠一般从地皮划过草丛倒伏于地，沟里的草还保留着去年秋天被雨冲刷过的纹理。枯草在立春之日看上去接近时尚的色调，如同小米一样温和的黄，这是高级衣装的色调。松树荫蔽下面的枯草里藏着雪。没化干净的雪有鸡蛋大，它的白与草的黄构成另一种时尚的格调，如同女士风衣与手袋的搭配。

风吹过松树，松针把风分成万缕。风被松针梳过后变成了粉丝，发出低沉的“呜”。冬天听不到这样和畅的风声。风在冬天尖利，吹在高天。立春这一天，风贴着地皮缓吹，吹一吹小丘陵和小鱼鳞坑。一只野雉从灌木里飞起，头和长尾呈一条直线。野雉似乎不需要这么长的尾巴，是它身体的一倍多，飞起来身上如同别着一根箭。风如果把南山吹一遍约要一天时间。它的沟壑如城墙壁立，布满裂缝。风吹进去再钻出来，是个慢活儿。南山栽着挺多小老树，20多年树龄，树干只有拇指粗。树的枝干虬结，如老梅。它们若是梅树多好。我想起台静农画的梅花，一朵一朵，都是圆圈画上去的。虽雷同，却不呆板。中国字画可看出心上的慢。好的书法，即使如草书，也是慢慢写出来的。怎样的慢法，各自有各自的功夫。

站南山看赤峰，原来的城市像一个簸箕泻出的米，从南山泻到英金河就到头了。现在，城市变成了一趟川，东西望不到边了。南山好像矮了。“好像”的原因是人们在山顶盖了一座塔。是谁这么手欠，非要在山顶盖一个不伦不类的塔呢？山头即山首，亦为山的咽喉，盖上个塔会怎么样，会预防地震吗？怎么看都不好看，不是地里长出来的东西怎么会好看呢？

赤峰的小城位于南山北麓，英金河南岸。小时候，虽未听过陶渊明与陶潜之名，但常常体察悠然见南山的意境。赤峰人从未产生过愚公的想法，欲挖掉南山以期发展。我们知道，谁也挖不掉南山。此山的土堆起来还是一座山。挖山只不过给山松松土。儿时，我们登山，只为俯瞰一下赤峰城，看街道变细，楼房缩成高粱米粒大小。成排的平房如同木梳齿。这比什么都好看，我们常常看得发呆，并为下山钻进木梳齿般的房子里睡觉而惊呆。南山没有树，一年四季都是黄山，下完雨是深黄山，冬天黄得发白。人们会在春天里的某一天扛着铁锹上山栽树。上午上山，下午下山，下山回望小树苗。因为这些树苗不久便会旱死了，看一眼，少一眼。第二年这帮人继续上山栽树，在哪块坡栽树都可以，哪块地都没树，空场有的是。但我不明白头一年栽的死树咋看不着了，谁拔走了吗？没人回答这么无趣的问题，大家只管栽树，栽完树发汽水，一人一瓶。

现在南山有树了。立春这一天探查，碗口粗的松树长了好几坡，冬天的黄土坡被墨玉般的松针盖在脚下。树根拉住了流失的土，沟壑停止了裂纹，沟下长着金黄的草，如同一条牛毛色的小路通进山里。立春的天空蔚蓝明净，云彩只像信手刷上去的白涂料，有扫痕。云层如果再厚一些，我猜想云的后面躲着鸟群的阵营。立春了，接着是雨水，小鸟该回咱们北方了。回来的候鸟先在云彩里面歇几天，适应一下环境，然后俯冲下来，带来花朵和青草。

说立春这一天，人体的阳气萌动。我下山，在路上见到三位红脸人士，他们的阳气堆在两颊。我见到一人倒着走，阳气多到用不了，正着走路已经使不上劲了。喜鹊抽动好像沾了白漆的翅尖，树上树下忙，像一位搞卫生的人。大路宽广，行人不再戴冬日的帽子，有人开始敞开羽绒服的衣襟，阳气从肚子里往外冒。电线还没有返青，但水泥电线杆子已经像杨树那么白，仿佛吸足了水分。我没看到河水的情形。赤峰的北河套光有套，没河了。以后看河要上电视上看，自然离人类渐远，我们要做的事是借着一个古代留下的节气的名字幻想自然，比如立春。

雨　水

2015 年雨水节气在乙未年的正月初一，赤峰市区的气温在 -9 ~ -6℃，西南风 3 ~ 4 级，湿度 15%，晴转多云。

原来想雨水这天会下一点雨，譬如地面见点湿就好了，但老天爷没这么安排。随即想到，凡事不可望文生义。姓王的人并不都能称王，姓马的人跑步可能不快，但不妨碍他们继续姓王姓马。雨水，是上天赐给节气的一个名号，它的大名和小名都叫雨水。

对雨的称谓，有雨、小雨、大雨。而更庄重，可与上天相配的称谓叫雨水。雨水听上去比雪花流畅，比谷雨水多。雨水节气里能不能见到雨不是重点。这一天，柳树树冠的色泽与枝杆已有不同。树冠在褐色枝杆的上端露出微黄。趋近看，什么都见不到，远观才分明。柳树此刻比人更明白雨水到了，做出雨水才有的样子。人看不清柳树到底是什么样子，天却看得清楚。好比说，人看草长得全一样，羊全一样，蚂蚁全一样，但它们各有各的样，全不一样。柳树这么多情，怎么会在 24 个节气里全一样呢？

南风吹过来，如同要把寒冷吹回西伯利亚去。走路时，石子随鞋滚出很远。这些石子头几天还被冻在土里，现在随着鞋的搬运到四处玩耍。这一天，所有人家的日历上都印着两个字：雨水。那么，北方人一冬没见过的春雨在日历里成串下起来。雨先在日历里降落，然后落在土地上。

在雨水节气头三天，也就是腊月廿七，赤峰下了一场雪。雪花没看出比以往更白，但更黏。这场雪踩上去在鞋上粘一大片，不坚实，不吱吱响。它们落在柳树龟裂的树皮上，像趴上一片白蝴蝶。雪花们在空中拉紧了手才落地，如团体操。雪落地到不了一个时辰就化了，这已是七九第二天，雪待不住了。无情的人啪啪乱走，置办年货，把缠绵的雪踩得稀烂，雪也不愿待了。这是三天前的事情，我还在怀念那场雪，它就是提前来到的雨水，是上天对应这个节气送来的礼物。我觉得遇到这种情况，各单位应该组织人员迎接，表达一下感谢的意思。

雨水节气，人做一做生产的事情都好，比如生小孩。肚子里无孩的人可以到屋外放放风筝，老天以为你在向它行注目礼。雨水了，却见不到小鸟飞。正月初一还有不少鞭炮，鸟儿都躲起来了。但这仅仅是初一的城区。在广阔的田野和山区，鸟儿刺破清冷的空气，把啼鸣留在河岸的灌木里。鸟儿不管雨水这一天下不下雨，它感觉出天地出现了一个变化，时光的指针朝春天又近了一格。小鸟看到树冠的乱发蓬松，这是睡醒之后的发型，可以比原来容纳更多的鸟。树尤其满意鸟儿如箭一般从自己头发里飞出，眨眼间不见踪影，不知什么时候又飞了回来。树觉得这会显出树的神奇，它把鸟射得比大炮还远。树遗憾自己迈不开步，但有鸟儿这样飞出飞入，也就没什么遗憾了。

我见过雨水在雨水的节气落下来，不紧不慢，很庄重。在我老家，雨水节气下雨将是新年第一场雨。它们如三军仪仗队一样，虽未作战却显示作战部队的军威。雨水的雨不大，既然春雨贵如油，就下不了太大，此油是非转基因灌溉油，每一滴对泥土都是一个信用。

雨水的雨不是油，是水晶丝，比柳丝长而透明。在雨水的雨里，传出了泥土的腥气。干燥的土房子与土墙在春雨里露出乡里乡亲的气息，有家味。雨落在晾干的庄稼秸秆上，噼哩啪啦，好像翻东西。落在玻璃上的雨带泥，一小片春风被雨收落在了玻璃上，如土色的小梅花。今年雨水没落雨，看天气预报，明天出现雨或雪。雨水来了就不走了，在大地住一个春天、一个夏天、一个秋天，它们在土里待不够。

惊 蛰

“惊蛰两个汉字并列一起，即神奇地构成了生动的画面和无穷的故事。你可以遐想：在远方一声初始的雷鸣中，万千沉睡的幽暗精灵被唤醒了，它们睁开惺忪的双眼，不约而同，向圣贤一样的太阳敞开了各自的门户。这是一个带有‘推进’和‘改革’色彩的节气，它反映了对象的被动、消极、依赖和等待状态，显现出一丝善意的冒犯和介入，就像一个乡村客店老板凌晨轻摇他的诸事在身的客人：‘客官，醒醒，天亮了，该上路了。’”

我极少大段引述别人的作品，这回则不同，上面的文字，出自苇岸[①]笔下《廿四节气·惊蛰》（写于1998年3月6日，农历二月初八；天况：晴；气温：14℃～2℃；地点：北京昌平）。抄在这里为的是纪念我的朋友，一位故去多年的优秀的中国散文家。

苇岸喜欢大地。大地虽然如此之大，但许多人早已感到陌生。他们的相关记忆是：道路、地板、车、写字楼、卧房和厕所。大地在哪里？人们影影绰绰觉得它在乡下，或者藏身于50年前的诗集

① 苇岸，本名马建国（1960—1999），北京市昌平县人，著有《大地上的事情》等作品。

里，它的一部分暂存在公园，其余的被房地产商人暗算了，至少给修改了。

如果不记得大地，人们上哪儿去体会惊蛰、雨水的含义与诗意？农历的节气，仿佛谈天，实则说地，说宽广的大地胸怀呼吸起伏。节气的命名非在描述，而如预言，像中医的脉象，透过一个征候说另一件事情的到来。

苇岸写道：“连阴数日的天况，今天豁然开朗了。……小麦已经返青，在朝阳的映照下，望着清晰伸展的绒绒新绿，你会感到，不光婴儿般的麦苗，绿色本身也有生命。而在沟堑和道路两旁，青草破土而出，连片的草色已似报纸头条一样醒目。”

而在我的居住地，惊蛰时分，草还没有冲出来用新绿包围从冬日里走出的人们。盘桓已久的街冰却稀释为水，像攥一个东西攥不住漏汤了。南风至，吹在脸上，是风对脸说的另一番话语，不止温润，还有情意。天气暖了，人们仍然喊冷。此际“冻人不冻水”，人的汗毛眼开了，阳气领先，反而挡不住些微的春寒。汗毛眼是人体九万八千窍孔之一，何故而开？因为惊蛰嘛。

惊蛰不光是雷的事情。雷声滚过来，震落人们身上的尘埃，震落草木和大地身上的尘埃。惊蛰不光是小虫的事，虫子终于在这一天醒了。谁说冬眠不是一种危险？醒不过来如何？以及到底在哪一天醒呢？惊蛰有如惊堂木，握在天公手里，“啪”地一声，唤醒所有的生命。

其实这一切是为春天而做的铺垫。春天尊贵，登场时有解冻、有返青、有屋檐冰凌难以自持、有泥土酥软、有风筝招摇、有人们手里拿着白面饼卷豆芽、有杨树枝上钻出万千红芽。是谁摆这么大的排场？

——春天。而惊蛰不过是迎接它的候场锣鼓，好戏在后边，像苇岸说的：“到了惊蛰，春天总算坐稳了它的江山。”

春　分

春分分开了土和树，它们从一样的燥白的树木和泥土中分离出两种色彩。杨树的白里透出了青，玉石那种青，树身比冬季光滑。土地露出新鲜的黄颜色。雪化之后的泥土黝黑，只比煤的黑色浅一些。

春分分开了水和冰。冰冻坚牢的河面由岩石般的黑色变为乳酪白。远看像落满了雪花。河冰将化未化之际，表层漂一层汽泡，这是冰层变白的缘由。这样的河很好看哎，河两岸即将返青的牛毛似的黄草中间，横置一条白冰的大河，仿佛上天单独给河面降落了一条雪。近看，结满白色汽泡的河冰上面浮一层水。冰被水泡化了，至少泡酥了，变得千疮百孔。

春分分开了青草和枯草。草嘛，望过去还是一片枯黄。但感觉到黄里藏着什么东西，却说不出它是什么东西。譬如：草变厚了？（不对。）草色由冬日的白金转为褐黄（它原来在白金中就包含着褐黄）。草站起来了？（是吗？）草向四外扩张（想象）。草地望过去仍然一片枯黄，但暗藏生机。生机这种东西可感受但无法描述。说一个人活着并不仅仅因为他会眨眼、会走路、会咽口水。他的脸与身上贯注一种东西，报纸叫活力、中医叫一气周流，草也如此。草的活力见诸色彩，草在草里秘密贮藏了一些绿意。此绿让草叶蓬张变厚。远处看不到，走近了，瞪着草看一分钟，就看出它在胳肢窝里、裤衩下面和脚脖子周围挂着绿。承认吧，抵赖不了啦，草在偷偷变绿，只是人类视觉迟钝，分辨不清它每天的变化。这种变化要用数学模型解析，眼睛看草，草草而已。春分时节，草由单薄枯干的白金色转为卡其色（新疆南部和巴基斯坦土屋的颜色），后来卡其色里渗入深黄，继之接近浅棕色，这时草的下半身已偷换上绿裤，尔后变为军服的橄榄绿。绿草尖长到最高处时，新草褪去了白金色、卡其色与棕色的过时的布衫，转为嫩绿。此时，草的数量显少，但株株鲜明。每一株草手握可爱的尖戟，草尖旋转着卷成针尖，而它身下的叶子舒展。

春分分开了鸟儿和北风。吹了一个冬天的北风累得趴在冰上喘息，被南风吹走。压在石头下面的虫卵已经孵化成虫，大摇大摆地走在地面。天上的云彩改变了航向，在南风里朝北飘浮。麻雀从草丛弹向树梢，仿佛变成了蚂蚱。站在枝头的喜鹊检测树枝的弹性，大尾巴朝下压，仿佛从洋井汲水。北风解除了对天空的封锁，鸟儿排队飞过。天空有了鸟群才有春意，天空不开花、不长绿叶，鸟群才是它花园的花朵。我在蒲河大道行走，五六米前的路面如爆炸一样升起一片麻雀，它们的碎片落在路旁的松树上。我再看松树，上面看不到麻雀，枝叶间挂满圆嘟嘟的松塔。我不相信麻雀一瞬间变为松塔，如能变，它们早就变了。我往松树边上走，一步步趋近，“扑”，一多半“松塔”飞上天，到其他松树上冒充松塔。每当鸟群从视野里飞过，我总觉得这是一个幻想，说不清这是鸟的幻想还是我的幻想。好像这是不可能发生的事，但发生了。鸟儿们像树叶从眼前飘过，几秒钟离开了视域。不是一只鸟，而是七八只鸟一起飞行，它们必定去完成一件人间所没有的更有意思的事。它们排成队从人的头顶掠过，大地上的事情不值得留恋。

春分分开了石块和虫子。昨天有一只瓢虫落在北窗台上，北方叫它花大姐。它在窗台麻纹的水泥上嗫嚅行走，甲壳比釉面还要光洁。花大姐橙色的脊背点着几个点，仿佛它是一个骰子，因为有人打赌才来到这里。赌什么呢？赌今年的雨水旺？赌飞过的鸟群是单数还是双数？也是昨天，南面露台护栏固定件松了，我把它取下来。这个形如铸铁的固定件竟是塑料的，它下面是一窝瓢虫。我头一回看到成窝的瓢虫，甲壳上各自的点数不一样。我没数，盖上固定件免得它们着凉。我估计它们背上的点由一点、两点、三点到五点、六点，是排行，便于瓢虫妈妈清点。

春天于此日分开大地和天空，让绿的绿、蓝的蓝。分开河水与岸，让静的静、动的动。冰雪彻底消融，春天分开了绿叶与花朵。

清　明

清明从雨滴里降落人间。雨在视野里不明晰，只听到头顶的伞布沙沙响，像往伞的绸布上撒沙子。走到哪里，沙沙声跟到哪里，让人疑心这雨是为伞下的，只下在那么小的伞布上。

四月初，大地还没见到鲜明的绿意。这场雨下完，草就该绿了，咋也该绿了。地上的枯草像被喷壶洒了一遍水，柔软鲜润。枯黄的草在雨后虽不能说更黄，颜色却比黄更深，如同人的皮肤被水浸过颜色变深一样。枯草变湿变厚，仿佛成了大地的哺乳类动物的皮毛。稍微停下脚步，就可在枯草里发现青草的身影。它们要么头扎在枯草里，绿屁股撅出来。要么在枯草里伸出一只或四五只绿腿。往远看，小块的青草在枯草的大河里浮起，像草在秋天还没有黄透。事实上，它们是绿色的先头部队。它们绿的比树早，从枯草里冒出来，一点点包围枯草，酝酿一场青草的洪水，冲刷天涯海角。

二十四节气的名字都好听，立春、谷雨、芒种、惊蛰，多与物候、农事相关，而清明仿佛是一个大脑神经学的词汇。清明于人之道曰不糊涂，于天之道乃是清楚明白。天这时候要啥有啥了。要雨有雨，要风有风，可以细分成微风、清风、和风与大风，这都是冬天所没有的天的思路和财产。清明的雨首先是送给草木的给养，其次才是对亡灵的祭奠。生老病死在自然界十分自然。秋天，青草转黄，看不到天有伤感。苍天不为哪一株草的凋亡拭泪。人悲秋，天不悲秋，就像它不为春天百草萌生而有所欣喜。大自然除了遵循自然法则之外不遵循任何学说与情绪。子曰:“天何言哉？”不知说啥，故没啥说的。到了天那个级别,“无眼界乃至无意识界，无无明亦无无明尽，乃至无老死亦无老死尽”。

往远看，柳树的树冠涂上了一抹淡黄，好像国画家无意抹上的一笔，水分很多、颜料很少。走到近旁，淡黄没了，仰视也见不到。发芽早的柳条从枝上垂下来，或叫半垂。而褐色未垂的柳枝还在发愣，仿佛奇怪别的柳条为什么要垂下来。下垂的柳枝挂着初发的叶苞，如小鸟的喙。没有叶苞的枝上则挂着晶莹的雨滴，冒充叶苞。树啊，我拍拍柳树，这一个夏天，你不知要长出多少叶子，垂下多少枝条，你累不累啊？这都是废话。可是，不说这个说什么呢？说福克纳不喜欢海明威吗？那就显得远了。松树被清明的、看不清线条的雨丝冲刷得坚挺苍翠。最可喜的，松针挂满了雨滴。这些如钻石般并不坠落的雨滴仿佛同松树与生俱来。松针尖头挑着一滴水，万千松针万千水，与十万青年十万军意思相仿。海子说:“悲伤时手里攥不住一滴泪。”清明时，从冬季走出的松树攥住了十万滴雨，等待雨滴化为钻石。

找一个一尺深的大玻璃缸子（鱼缸也行），放上土后放在窗台外面，看蚕丝一般的雨是怎样渗入土壤。假如这是个放大镜做的鱼缸，可见雨水在土里怎样宛转回环，被土抱紧，和土成为一家人。雨水是天水，是活水。它滴进土里激活土壤生发万物的本能，让草的腿越来越绿，柳条万千其条垂下来，垂到地面和青草握手，让花大姐爬上来。清明为什么叫清明呢？草木轮廓日见清晰，水澄澈、山形日见瘦溜了。清明这一场雨洗去了天地尘埃，冬天的被冻在空气里的污垢自然瓦解，化为肥料。人的脑子会不会在这一天清亮呢？人与大自然太远，往往接不下节气。有人到了夏天，身体还没春分呢；有人身体天天立冬或天天立夏；有人永不惊蛰；有人到了半夜，脑子才清明片刻。清明只是春天的一部分，上承春分、下接谷雨，让大地回春，草木生长。易曰:“天地之大德曰生。”生这个词有多么好，让万物走到世界上来。它们是草的婴儿、虫子的婴儿、花的婴儿。人的婴儿随时可生，不拘泥于春秋。生是新月，是融化的河冰，是花苞睁开眼睛，清明看到了许许多多的生。

桃树的树皮像枣红马的皮毛那样闪亮，像桃花的花蕾外衣艳红。它挣破了这层表示羞涩的红外衣之后，粉色的花瓣让寒风彻底退却。桃树不以桃子取胜，而以桃花炫耀。比桃更甜的甘蔗、橘子、葡萄都没这么惹眼的花朵，而比桃花更惹眼的牡丹并不结果。桃树一生办两件大事，一是开花，绯红如云；二是结桃，人猴皆飨。清明的雨沙沙地洒在伞上，林间的落叶变得软软绵绵。清明的雨下进了草木的心里，草木小口慢饮，而后天又给续上了新水。清明让昆虫和草木脑袋精神了。之后的日子，对人是一岁，对它们是一生。

谷 雨

谷雨的耕地仍然沉寂着，一群驮满灰尘的羊越过耕地。羊早就想来耕地里游逛，长满青苗的耕地是它的宴席。羊只是远远看着没来过。谷雨时节的田野还没播种，没青苗也没有草，虽然空旷无物但比秋天多出生机。羊把羊粪蛋拉到耕地里，去啃水渠边刚刚返青的嫩草。

春天的耕地没洗过，没涮过，但像洗过、涮过、叠过似的，平平展展，干净新鲜。跟远处的山比，耕地好像去皮的桃子的肉，一抹沙瓤的黄。谷雨的大地如盼孩子一般等待种子进入自己的怀抱。大地紧紧攥着这些小小的种子，把它攥出芽，变成绿苗生长。

耕地被春风吹过，表面不干净的浮土都被吹跑了。接下来有小雨，让土往下沉一沉，站稳脚跟。然后再刮风，把泥土接纳阳气的孔窍全吹开。桃花这时候也被吹开了。好多年后，桃花也想不起自己是怎样开的花。打骨朵的事它还记得，后来晕眩了，再睁开眼已是满枝桃花。桃花不明白的事，春风明白，是它吹开了桃花。谷雨时节的春风不止吹开桃花，还吹谢了桃花。花朵凋谢的桃树不怎么好看，一下子头发变得花白（真是花白），有些花瓣掉了碴，好像好多张嘴变成了豁牙子。远看，花枝半谢的桃树如同老年秃子的背影。

今日谷雨，但火车并不比平时开得更快。坐在动车上观看从关外到关里的田野，大地渐渐披上绿纱。不知从哪一站开始，杨树开始绿了。东北的杨树这几天刚落下树荀子。铁锈色如毛虫一样的树荀子躺在白得如岩石色的落叶上。它们首尾相顾，仿佛便于爬行。落了树荀子之后，杨树会冒出尖尖的、披着红甲的叶苞，像小小的蛹。此时，沈阳的杨树还没钻出红叶苞，但树干已换了颜色，白里透出玉石的青。东至山海关之前，窗外的杨树仍然枯索，柳树才有最亮的颜色。小柳树只有梢头绿，仿佛留了一个新绿的沙锅盖发型。桃花谢了、杨树未绿、柳树的风头最猛。这一段时光，没有任何一种生灵比它更有活力。春草未生，野花未开，柳树可劲招摇，在路旁站成一排，弱冠青青。耕地去年的垄沟已经模糊了，田埂上长出了青草。细看，所谓“青草”是些野菜，它比草更早返青，宽叶子在地面匍匐。新耕过的地，如晾在太阳下的一幅长长的深棕色的布。一头骡子拉着一盘犁杖在地里走，后面的庄稼人一手举鞭，一手扶犁在它们身后，又有一匹长长的布铺在地里。大部分耕地还没翻，离小满还有半个月，一个月后才是芒种。

看一小会儿书，再抬头，麦苗已绿。这是我在大地看到的今年的绿庄稼。火车厉害，开到了麦苗翠绿的地方。在这里，麦苗都绿了，杨树、青草的绿已不令人惊奇。杨树枝条稀疏的黄绿，麦苗在地面返深的翠绿，野草在沟沟坎坎的杂绿，桥下水坑已积存老练的藓绿。这是河北省，火车开到这里，已结束了春天。看今年的春天，还得坐车回东北。河北这边全都是夏天，池塘里浮着白鸭。

河北有夏天，不等于这个地方美。车在河北大地走，眼睛看看柳树、麦苗就行了，别往远看。如果执意望远——别怪我——你一定见到了丑陋的景观，几乎所有的山都被开肠破肚，与平原的麦地不匹配。哪座山被劈开、被掏开都丑陋。河北少山，有人见山就劈，采石研粉造水泥。

春小麦一块块绿在早春的田地里，它甚至不像庄稼，如厚厚的地毯，等待贵宾走过去。贵宾迟迟未来，鸟儿在麦地上方飞来飞去，如同它已经走过了。赶到昌平地界，花开到隆盛的地步。温榆河边的樱花繁复到枝头擎不住。它的花瓣如我小时候见过的榆树钱，像一根竹签子穿成的密密的花瓣。榆树钱嫩绿、樱花胭脂红。河边的树上——核桃树、榆树、柿子树、枣树上都有鸟儿翻飞，许多候鸟已经飞回了北方。麻雀与喜鹊之外还多了好多颜色鲜艳的鸟儿。谷雨时节，鸟儿不回，大地该有多么寂寥。谷雨这一天，由沈阳到达北京，天气都是阴乎乎的。谷雨的阴天不灰暗，阴是雨意丰沛，天空里透出光线，花与草在阴天里依然明亮。

立　夏

立夏是二十四节气中第七个节气，至此辰月终结，巳月起始。“斗指东南，维为立夏。”大地在立夏这一天告别春天。但我昨天还忙于到田野偷土，到市场买秧苗，忘记了告别春天。

春天最后的花衣在立夏已然脱去了。园区里黄色的鸢尾花消失了，京桃树和李子树的粉花、红花凋落，连树下的残花也看不到了。开花的树们换上了绿衫，安静地缔结小果子。孕育中的母亲们都很安静，此时再开一遍花就不成样子了。古人称立夏这一天“天地始交，万物并秀”。古人动辄把天地挂在嘴边，他们缺少现代物理学与天文学知识。天地怎么会在这一天始交呢？你看到了吗？姑妄听之。“万物并秀”却是真的。植物在立夏这一天没长叶子就不要再长叶子了，就像高考虽无年龄限制却见不到太多老年人参加。带叶子的植物在立夏全都长齐了。昨天，园区里突然起了雾，是真雾，而非霾。真的晨雾洁白、晶莹，有山林的湿气与香味。雾如纱一样，霾如粥一样。雾的轻纱罩在树后面，阳光慢慢掀开纱帘，露出带着水痕反光的绿叶。雾笼罩绿树的时候，为树叶清洗喷雾，让它们在雾气缭绕中重新登场。自然界有自己的游戏。立夏前后，大地一下稳住了。树叶都长上了树梢，就不在土里闹了。立夏的大地极为安详，春天的繁花胜景全体变身，仿佛大河穿越险滩进入平稳的河道。立夏的时候，树叶在微风中飒飒，仿佛在说“立夏，立夏”。

就今年的立夏而言，天空有雨。雨丝恍如飘在南方的田野，它们织了一层又一层的帘子，挂在两棵树之间，挂在前楼和后楼之间。往远处看，田野上的草丛蹲在白色的雾团里，其实是在雨里，而打开窗户竟听不到雨声。我确信天在下雨，走到阳台上伸出手掌，雨丝用冰凉的小手纷纷与我相握。我摊开手掌看，掌上落着小小的雨滴，只有小米粒的十分之一大。我们这里要变成南方了。如果连着下几年这种样子的小雨，人的口音会变为吴语，侃侃侬侬，脸色也会白一些。

立夏里，所有的枝头都爬满了绿叶，枝头顶端的叶子像猴一样四外瞭望，看夏天来没来。立夏的草地沾满了露水。我每天早上在草地里行走，草地在立夏前才有露水。说露水如说一种幻相，它是远远的、草地射来的一瞬而逝的钻石般的光，这是露水的光。蹲下看，却看不清露水在哪里。走起路，露水又在远方的草地刺你的眼睛，它永远在远处。不光草叶结露水，露水也结在小小的蛛网上。蜘蛛在雨片草叶之间结一张巴掌大的网，上面沾满了细雾般的露水，使蛛网白得如一小片塑料布。蜘蛛不愿暴露它的网，但露水告了密。树叶长满枝头之后，风好像小了，至少风速比过去慢了。树干不动，树的梢头在风里缓缓摇动，好像刚刚起飞的小鸟蹬得树枝乱摇。

江南的雨在沈北的天空不紧不慢地飘落，它们没发现这里不是江南，我也没提醒它们，不要多嘴。看窗外看不到雨，盯着对面楼房黑色的玻璃窗，能看到隐秘的雨丝斜着落地，这不就是江南吗？鸟儿们在空中飞，城堡般的灰云在天幕上站立行走。这种样子的云跟江南的云还是不一样，好像还停留在奉系军阀阶段，如此吹胡子瞪眼的奉系云怎么能下出江南的雨呢？我不明白的事情越来越多了，百度也不会告诉你真相。

立夏了，大地铺满了绿草。细看，草里边还有更小的草。这些小草立夏刚长出来，它们避开了春天的寒气。这些小草比春天的草更干净，雨和露水为它洗了很多遍。跟这些小草比，野菜已经老了。刚进夏天，野菜松散贴地的叶子现出灰绿。在草里，浅颜色是青年也是幼小的标志。人类的孩子也比大人白，包拯儿时也很白。

立夏把夏天立在大地，还立什么呢？树枝摇摆，像浪头向岸上扑过来。鸟群飞过天空、人仰面看到一个个十字飞过头顶。它们翅膀的宽度比头与脚的长度宽许多。鸟类打开翅膀如伸出两把横刀，把空气割得像凉粉那么薄。这些被收割的空气落在树上，吓得树枝左右摇晃。立夏的夜晚散发芬芳，你想说这是草木的香气。事实上，草木气息里还夹杂着更神秘的、勉强可以称之为香的气味，它是夏的气味。立夏之后，大地染上了这种香气，白天似有若无，在夜里气味变得明亮，像夏夜的星星一般明亮。

小　满

节气到了小满，荒野长满了青草。寂静的耕地长出一层比青草颜色更浅的禾苗。

夏天的河流挤满了大地的河床，这是茂密的青草和树叶。能插进脚的泥土上都长满了植物，再想生长的花草只好等待明年。春天走远了，初夏也走远，小满揭开了盛夏的帷幕。植物的童年与青少年时期已经远去。蒙古栎树的叶子已长到最宽，柳树细长的叶子也长到最长。所有的植物都褪去了童年的嫩黄，野草和树叶在小满时节进入了成年。与它们对话要用跟成人对话的口气，如“野草君、柳叶君”。草木的光阴就是这么短，被风吹吹，被雨浇浇就成年了。它们未必愿意长这么快，只是秋天不允许草木怠倦，那是它们生命的终点。草木是怎么知道世界上有秋天的呢？是谁告诉它们夏天之后是秋天，然后是万物肃杀的冬天？渺小的青草竟知道自己的大限，人却不知道。

田里的玉米苗有 10 厘米高，它的两片叶子如人伸出食指和拇指形成的八字。70 年前，谁若在别人面前做出这样的手势，则证明自己是八路，不好惹。但做这样手势的人多是土八路或假八路，真八路成建制屯于陕北，彼此用不着做手势。玉米的苗儿在褐色松软的土里纷纷做出八字手势。今年雨水好，假如遇上春旱，这个时节八字还出不来一撇。庄稼的苗有行距和间距，像有人在一大幅土色的纸上习字。字不大，占的地方不小。这么宽敞的地方，如赏给青草，它们早就长出一窝蜂了。青草一定觊觎玉米的地盘，但青草长上去就被拔掉。这叫农业，懂不懂？这一块田的四周，有无数青草趴在地头看玉米生长，跟看球赛差不多。玉米苗舒展腰身，八八八。

小满里，树叶子已长得密不透风。风从树里穿过，无数树叶为它们打开、关上绿门帘子。从树下往树里看，什么都看不到，叶子里边藏着更多的叶子。在沈北的空旷的大道两旁，栽种着杨树、槭树、国槐、丁香、银杏和松树。乔木膝下是连翘，甚至有绵延几千米的玫瑰花丛。我跑步经过这些地方，不禁赞叹国家真有钱啊。开得嘟噜一串的玫瑰花在无人的大道上散出浓烈的香气。我闻到一小部分，其余都被风吹走了。路上偶有汽车驶过，但没人停车闻闻再走。小满是节气里的富人，它应有尽有，雨水、草木、花香全堆在了夏天。跟小满比，立春和春分都是流浪汉。

我印象中的鸟啼多在早晨和傍晚，而小满时节有一种鸟从早上叫到晚上。它不仅在树上叫，还在房顶叫。边飞边叫——布谷，布谷，声音传得很远。每当它叫“布谷”，我在心里说“地早种完了”。它又叫，我再说一遍，但我发现终于拗不过它。在旷野，我高喊“地——早——种——完——了！”布谷鸟照样淡定地说“布谷，布谷”。它有强迫症，我也有。有一天，我终于不在心里续——“地早种完了”，我悟出，除了“布谷”，它不会发别的音。从小，它妈只教这一句话，伊竟说了一辈子。布谷鸟又名杜鹃，古人送它的名曰子规，爱把蛋下到别的鸟的巢里。它的啼声如木管乐，共鸣好。我听到林里传来的“布谷”，揣摩它的口形，它是怎样模拟双簧管的音色呢?“布谷”实为“奥呜”，跟粮食生产和农村经济都无关切。它在中国、朝鲜、丹麦、挪威都这么叫，不理会当地人的语言。中国人愿意把它听成布谷而不是复古，民以食为天。布谷在音阶上差二度，如“咪哆”，似一首乐曲的起句。起句一般规定着旋律的走向。挪威作曲家约纳森的《杜鹃圆舞曲》的起句即模仿杜鹃的叫声而非模仿它下蛋，“咪哆，咪哆，咪索索米哆咪来”发展成了一首曲子，多合算。因此，我听到空中的“布谷”时，心里亦接续“咪索索咪哆咪来”，比“地旱种完了”高雅一些。

小满青蛙叫，这是就我住的地方而言。楼前有树，树后有彩钢板。彩钢板后面是啥不知道。傍晚传来青蛙的合唱。青蛙的叫声既非独鸣，也非颤音。呱——，好像它舌头是折叠的音囊，又像它在吹一个大泡，还像用小槌划过搓衣板，呱——。青蛙叫得好，渲染田园静谧，使星星看上去白净。呱——。假如布谷鸟学会青蛙的唱法，变成“呱谷——”，也很动人。

小满的风是夏季的热风，干燥疾猛。阳光照下来跟盛夏一模一样，晃得人睁不开眼睛。清晨，石板上已有露水。草叶里藏着针一样的露珠和光芒。地里的庄稼和青草满了，树上的树叶也满了，天空上云彩也满了。

雨下在夏至的土地上

到了夏至，雨水不再是陌生人，它们像投奔故乡的游子，踩着云彩回到夏至的土地上。

夏至，雨的声音大过河水声、庄稼拔节声、蛙声。雨说给土地的话，要在夏至这一天一夜说完，土地根本没有插话的机会。对雨水而言，春秋冬三季造访土地只算做客，夏至才回到自己的家。

草毛了，从春天开始，草在雨水的定额里断断续续生长，属于计划经济。而至夏至，草逢豪雨，尽情挥霍，一边喝一边生长，还有余裕的水分洗一洗脚丫缝儿的泥。水有的是，草在风里甩去袖子上的水。白天，城里的草呆观街景，在夜里像冲锋一般疯长。以往如城堡一般的云朵全向夏至投降，化为宽大的灰筛子筛雨，减轻天空的重量。

二十四节气里边，夏至是第十个节气。公历 6 月 22 日前后，太阳到达黄经 90° ，此为天文学之夏至点。这一天，按照旧学说法，阳气极至，阴气始至，太阳北至。夏至之时好像十二时辰中的午时，11 ~ 13 点，阳鼎盛而催阴生。这个月，属十二生肖的午马当令，奔腾暴烈，下点雨只是小意思。卖弄一点中医学说，午时或者夏至，归于十二正经中的心经。心为火脏，刚烈蓬勃。火与心、马与午、夏与阳，都是生机勃发之至，乃至夏至。

雨下之不够，始于夏至。雨从春天开始一天天降价，像姑娘变成妇女。春雨因播种而贵，到夏至，雨回归大众，为野草、榆树、赖毛子、青蛙、蝌蚪，下到冒泡。该长的全长出来，青苔亦随之厚泽，每一寸土地都长出植物。至于花，开遍了城乡大地。雨水充沛，花是草木对天的谢忱。大地无所有，聊寄一枝花。河南的唢呐曲牌，一曲名为“一枝花”。

《素问》曰:“心主夏。”养心的人于夏宜安，食苦味，助心气。对大地来说，心是生长，是让所有的植物尽兴勃发。如果有什么东西到了夏至还没长出来，就永远长不出来了。

雨下在夏至的土地上。

大地母亲一手拢过雨水的子女，一手拢过草木的儿孙。这时候，大地最高兴，像看见满院子孩儿乱跑，天真无赖，比秋天的成熟还好看。

立　冬

冬天并没在立冬这一天来到。冬天到达沈阳市皇姑区是在小雪节气后的第五天。人们说冬天到了，但谁也没劝别人说，都在说。好像他们身体里藏着一个接收天气的软件，集体接到了这个短信。

北方人的生活经验包含着对冬天的认知。这个知识并非来自天气预报，天气预报才有多少年？它来自身体。小雪后第五天，人们出门咳嗽，嘴里吐出一些白气，好像咳嗽把肺里的白面口袋震冒烟了。一个人说：冬天真到了。另一个人说：真到了。边说边擦鼻子下的清鼻涕。咳嗽和清鼻涕是北方人（年纪稍长者）献给冬天的见面礼。

冬天在夜里到达沈阳——季候一般都在夜里到达，在 23 点至凌晨 2 点之间——天空突然澄澈。早上，在西藏式的可以称之为鲜艳的浅蓝天空下，树木孤零零地站立在街上，脚下等待白雪。有的树招摇着未落的绿叶子。它迟到了，往冬天奔跑的树木马拉松，它跑在了最后。还没来得及放下手里的叶子，比赛已经结束。

街上有冰，那是头几天下小雪融化后的冰。冰薄，像有皱纹，冰下有黑的水。此谓试结冰，先练练。人们即刻穿戴臃肿，特别是早市卖菜的商贩。如果这条小街夏天可以并排走 10 个壮汉，现在最多走6个，穿得太厚。人穿厚了走路胳膊往外支，腊巴腿（裆里毛裤棉花过多）。所有的人都戴上了帽子、围脖，鞋子笨重。他们见面说：冬天到了。答曰：真到了。过去他们见面说：你嘎哈呢？

草里的白雪还没化。反过来说也行，草还在白雪里绿着。草似乎为此得意，在棉团似的雪里探出头，炫耀强壮的体魄。还绿呢，像夏天一样绿。它们伸出的高高绿叶子，假装在堆积泡沫的白海游泳。多数草已经枯萎，埋在雪里。

冬天到来的时刻，每一年都不一样，也没必要一样，它毕竟不是火车。从立冬到小雪这几天，冬天最忙。他是一个威严的老人，但身体没问题，喜欢咳嗽，胡子挂霜。他的呼吸道遇到了他所散发的强冷空气。冬天管的地盘多大啊，从西伯利亚一直到山东是他的地界，从格陵兰岛到普罗旺斯也归他管。他要把每一寸土地都安排好，让冰雪安营扎寨。有的雪花落地站不住脚，化了，那就再下几层。冰的事情更麻烦，冬天要把每一条河流都冻上冰，这比南水北调、西气东送工程还复杂。每条河都很长，从头冻到尾，需要时间。有的河在三九天没冻严，厚厚的白色冰层之间有黑的活水和漂流的浮冰。这样的河，是冬天马虎的结果，必须返工。呼伦贝尔草原的小河比蛇还要多，藏在草地里。冬天把它们一条一条冻上，河在冬天里流淌不太严肃。我在昌图见过一个萧索的村庄，家家大门上锁，人都进城打工了，耕地撂荒。但就这样一个地方，照样有完整的冬天——土地结冻，马车碾过的泥泞被冻结为雕形式的原形。房顶的秋草反射白霜的亮光，乌鸦的叫声传得更远。这个村一无所有，但有冬天。

不知道小鸟冬天在哪里喝水。昨天，24中学墙外有一小滩积水，是雪水，未结冻也没被阳光晒干。一群麻雀飞来啄水，刚啄两口被开过来的汽车轰到树上。接着又下来喝水，车是一辆接一辆地开过，麻雀蹲在树上看水。小鸟冬天上哪儿喝水呢？不知道。第二年春天又见到小鸟在天上飞，可见它们有水喝。

人在冬天显胖，其实不一定胖。人脸被围巾一勒，像开裆裤把小孩屁股勒出滚肉一样，该多胖还多胖。人在冬天走路，眼睛盯着地面，路上有冰。但孩子们走路没看过路，也没摔过跤，摔了也没骨折。孩子们走路眼看前方，开怀说笑，他们四季如春。

冬天让开阔的更加开阔，静寂的越发静寂。冬天的蒙古高原，群山顶戴素白冠冕，雪的披风从山峰的斜肩膀一直拉到地面。开口说话的田野生物这时缄口，再开口是春天了。冬天干净，地里的庄稼收了，河流封冻，草荒芜。云彩比夏天少多了，天上只剩下几朵拖着长尾的流云。我看到了大地的起伏、宽广和朴素。这时候，大地什么都没有了，地上的雪，来自天空，权做泥土的衣衫。大地无所谓衣不衣衫。作为最大的富有者，大地每年都有一次彻底的贫穷，或者叫归零，或者叫甩货，或者叫放下，总之干干净净，总之可以从春天生长第一根草开始再度繁荣。人说放下实际放不下，大地放下之后真啥都没了，万般皆空。它不想为明年春季保留任何一样旧东西。

立冬好。身上冻一冻，血管、肌肉都冻一冻，可以保鲜。冬天的土地结实，走到哪里都不陷落。冬天的阳光珍贵，照在玻璃窗上金黄暖睫，让人不困思眠。此时，人或胖上一小圈儿。田野上的乌鸦传播封冻的消息，起飞蹬落树枝夹缝的雪。冬天邀请太阳到干净的大地上做客。太阳缓慢到来，缓慢离去。傍晚时分，满面红光的太阳与冬天在山峦后面道别，冬天一送再送，群山宛若一池金汤。

大 寒

大寒了，天空的鸟儿飞得很慢。跟往常比，鸟儿稀少的天空成了没有棋子的棋盘。一只大鸟在天上慢慢飞着，翅膀像冻住了，正缓缓复苏。鸟儿不知向哪里飞，飞到哪里都有北风。风往南吹，意思让鸟儿飞到温暖的南方生活。可是还有鸟儿不晓天意，仍留在北地。大地景色，在鸟儿眼里如在苏武眼里一样寒凉。雪在凹地避风，褐色的树枝被冻在地里，土冻在土上，大地悄无声息。

鸟儿一直听得见大地的声音。春天，地里发出的声音如万物裂开缝隙，许多东西悄然炸开。花儿开时，似鱼儿往水面吐泡，噗！花苞松开手露出手心的花蕊。夏季，所谓庄稼的拔节声来自大地而非庄稼。大地被勃发的植物扯开衣襟，合也合不拢，布不够用。拔节声是大地衣衫又被撕开许多口子。夏天，大地只好做一个敞怀人，露出万物。秋季里，天地呐喊，鸟儿听到的喧哗比高粱穗的颗粒还密集。万物在秋天还债。果实落下，为花朵盛开向大地还债，五谷成熟，用粮食向河流还债。秋天的还债与讨债声比集市热闹。欧阳修听到喧哗自西南来，称："异哉！初淅沥以萧飒，忽奔腾而砰湃，如波涛夜惊，风雨骤至。其触于物也，鏦鏦铮铮，金铁皆鸣；又如赴敌之兵，衔枚疾走，不闻号令，但闻人马之行声。"这是干什么？这是万物在秋天的集会，打鼓敲锣，欧阳修称之为“秋声”。此声人类听不见，庄稼和鸟儿听得清。欧阳修比别人多了一个心窍，听到此声。他指使童子“此何声也，汝出视之”。童子哪里有这样的听力，回答：“星月皎洁，明河在天，四无人声，声在树间。”人只能听见人声，其他声音都听不见或听不清，故此，童子“垂头而睡”。

大寒封闭了土地的声音，鸟儿呱呱啼叫，找不到土地的回声。大地的每一个缝隙都被寒冰冻死。寒冰不仅在河里，大寒的大地就是一块寒冰。在冰冻里，大地已经睡不醒了，冬眠的何止是小虫？大地冬眠久矣，暂别了所有的生灵。灰狼感觉大地陌生，它不懂春夏秋冬这些划分，在大寒这一天，狼懂得了命只是拴在饥饿上的一根草。佛法劝人常常面对、体悟、思考死亡，从死亡那里领取一份礼物。狼早就在这样做，它在饿死的考验中抽到了坚韧不拔的签。

大寒之后，鸟儿被大地抛弃了。地不再像家，家飘在了空空荡荡的天空。天空没有逶迤的河流，没有繁枝与花朵。大鸟用翅膀勾画河流和山峦的轮廓，它的羽毛刮破像玻璃纸一样冰冻的空气。空气的透明碎片落在雪地。

山峦消失于大寒之夜，山峰的峭岩被雪削平，山与山的距离缩短，山倒卧在雪里睡觉。从空中看，山脉不过是几道雪的皱纹。没有树和岩石，雪把大地变成平川。人说鸟儿在天空飞行要依赖脑内罗盘定位，但科学家没找到罗盘藏在鸟儿脑袋的哪个部位。我想此事未必如此。如果我是鸟儿，会以河流为飞行定位。河水流向日落处，北岸高于南岸。河水白天流淌，夜里也不停，天空分出一半星星倒进河里。河岸的水草丛是鸟儿做梦和练习唱歌的好地方。河流是大地的绳子，防止地球在转动中迸裂。河流替鸟儿保管着喝不光的水，它是鸟儿的路标。

大寒里，水的声音逃逸，水被冰层没收。我常常想：冰冻时节，鸟儿到哪里喝水呢？野猫、野狗喝的水在哪里？脱胎为走兽飞禽遭遇的第一个磨难是冬天没有水，第二个才是寒冷。但我宁愿相信它们能找到水。看到鸟群飞过寒冷的天空，我想它们已经喝足了水或飞往有水的地方。

大寒是不是大汗穿着隐身衣在白雪的大地骑马巡视？马也穿着隐身衣。泥土冻结在一体，灌木匍匐在地，大汗的马蹄无须落地已然驰远。大汗看到雪后的土地变厚，山峦变矮，冰把河流的两岸缝到了一起，大汗的疆域无限。鸟儿飞向前方报告大汗巡视的消息。大汗等待另一场大雪的到来，埋掉所有动物的脚印。

大寒的河流不流，鸟儿在冰上啄不出水，冰比玉石还硬。北风吹走河床的白雪，露出黑冰，如同野火烧过的荒地。

大寒把寒字种在了每一寸土地上。寒让枯草的叶子像琴弦一样颤抖，寒让石头长白霜，寒让乌鸦的叫声如枝杈断裂。大寒是农历 24 个节气中最后一个节气。土地自大寒始启动阳气。阳的种子在阴极之日坐胎，夏日所有的炎热都来自大寒这一天滋生的阳气的种子。此阳如太极图黑鱼身上的白点，阳在阴的包裹中生成纯阳。在节气里，阴极之日曰大寒。大寒是彻骨的冰炉，炼出滚烫的火丹。大寒种下的种子再等一个节气就要萌动，时在立春。阳气的种子如一粒沙，在大寒苏醒，它活了。人看不到阳气萌动，大地对此清清楚楚。